長編戦記シミュレーション・ノベル

帝国海軍イージス戦隊

上

林　譲治

コスミック文庫

本書は二〇一七年一〇月・一八年二月に電波社より刊行された『帝国海軍イージス戦隊（1）（2）』を再編集し、改訂したものです。

なお本書はフィクションであり、登場する人物、団体等は、現実の個人、団体、国家等とは一切関係のないことをここに明記します。

目　　　　　次

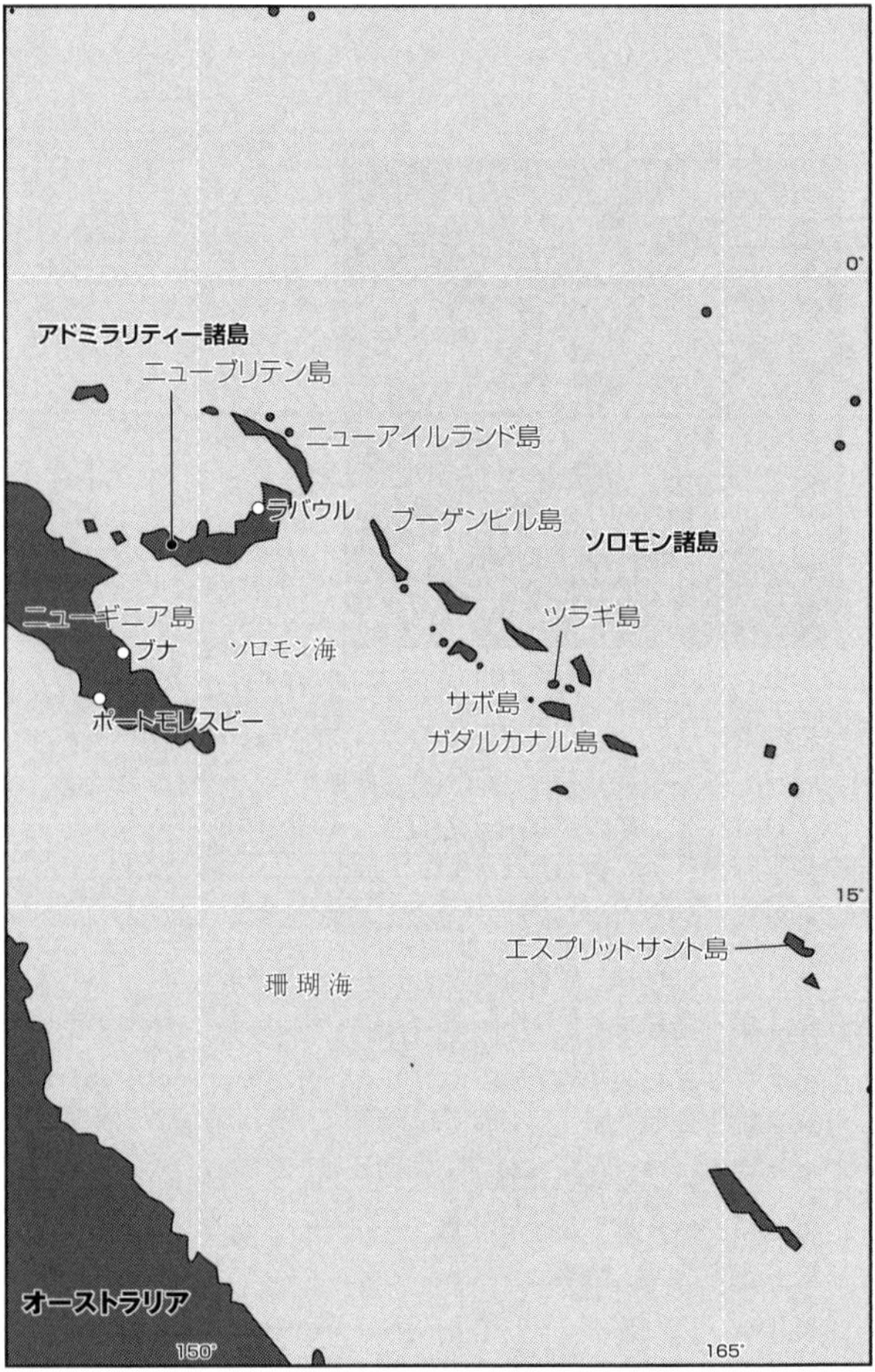
0°
アドミラルティー諸島
ニューブリテン島
ニューアイルランド島
ラバウル
ブーゲンビル島
ソロモン諸島
ニューギニア島
ブナ
ソロモン海
ツラギ島
サボ島
ガダルカナル島
ポートモレスビー
15°
エスプリットサント島
珊瑚海
オーストラリア
150°
165°

プロローグ　敵戦爆連合、接近！

昭和一八年一二月、西太平洋。

第一〇戦隊の森山司令官は、哨戒機からの定時連絡を待っていた。

「敵は来ないのでしょうか」

軽巡洋艦阿賀野の麻田艦長が言う。

「どうしてだ、先……いや、艦長」

麻田大佐は長らく森山司令官の下で先任参謀として働いてきた。不思議な縁で、いまは戦隊司令官と艦長という立場であるが、いまだに「先任」と呼びかけそうになる。

「現時点で、定時連絡待ちです。異変があれば緊急電が入るはず。それがないのは敵襲がないからかと。あるいは……」

「あるいは？」

「敵がこちらの裏をかこうとしているかですね」

麻田艦長は、なかなか言い難いことを言ってくれる。時にはカチンとくることもないわけではないものの、彼の独特の視点のおかげで敵の罠にはまらずにすんだことも、一度や二度ではない。

「裏をかく可能性はあるが、今回それはあるまい。

いま本国で造修中の武蔵に代わり、連合艦隊旗艦は戦艦大和。それにGF長官が乗り込み、陣頭指揮に立っている。

となれば、敵は正面からこれを撃破しなければならない。合衆国市民に勝利を示すために正々堂々とな」

「さらに我々も同行している」

「そうだ」

そう、そうなのだ。自分たちがGF長官を警護すべく戦艦大和と行動を共にしているのは、単に大和を守るためだけではない。

第一〇戦隊と第一一戦隊は、連合国海軍にとっては最大の賞金首の一つだ。それがGF長官と共に、敵の重要拠点を攻撃すべく向かっている。

敵は何をさしおいても自分たちを攻撃し、撃破しようとするに違いない。

そしてそのこともまた、今次作戦には含まれている。敵の重要拠点を攻撃する主軸は、実は空母機動部隊だ。

自分たちがこうして敵に向かっているのは、本隊への敵軍の圧力を分散させるという重要な役割があった。

つまり囮《おとり》だ。ＧＦ長官然《しか》り、戦艦大和然り、自分たち第一〇戦隊の防空巡洋艦四隻然りである。

旗艦である阿賀野艦橋では、しばし落ち着かない時間が流れた。

哨戒機からの報告がなかったとしたら、敵は全戦力を本隊である機動部隊にぶつけていることを意味する。

そうなれば、戦艦大和と第一〇戦隊他の戦力はまったくの遊兵化してしまう。連合国軍は日本艦隊を各個撃破することも可能となる。

その危険は重々承知の上での作戦だったが、もっとも危険なのは、作戦の成否の鍵は自分たちになく、敵の判断に委ねていることだった。

「ＧＦ長官より命令です。一〇分以内に現況に変化が認められない場合は、我が支隊は主隊と合流す。以上です」

森山少将には、ＧＦ長官の焦《あせ》りが十分理解できた。ここで意味もなく敵襲を待ち続けるくらいなら、作戦の失敗を認め、早急に本隊と合流して各個撃破される愚を避ける。

それも苦渋の決断だろう。あるいは後世、愚将として名前を残すことになるやもしれぬ。

しかし、それでも連合艦隊の指揮官として責任をとる立場にあるGF長官ともなれば、国のために愚将として名を残す覚悟もできているのかもしれない。

作戦が失敗したとしても、有力艦隊の各個撃破よりははるかにましだ。

「哨戒機より入電。敵戦爆連合、接近中！　敵重爆部隊を含むものと思われる」

自分たちを沈めようと大部隊が接近しているというのに、阿賀野の艦橋では、ほっとした空気が流れる。敵航空隊を分断するという作戦は成功したのだ。

そう、分断の時点で、作戦は半分成功したも同様だ。敵は大部隊である。

つまり、友軍の主力機動艦隊の存在に敵はまだ気がついていない。

哨戒機である陸攻は、航空機用電探を搭載していた。日本海軍だけでなく、日本陸軍の技術陣とも協力して完成させた機械だ。

だから本土防空のためにも、同様の機体を陸軍が運用していた。

その陸攻は、敵部隊に関して詳細な情報を報告していた。

「どういうことだ？」

森山司令官は違和感を覚える。

電探搭載の陸攻は、海軍でも虎の子だ。前方一五〇度の扇状の範囲で、敵の二次元的な位置を一望できるスコープを、それは装備していた。それだけ生産も難しい。

本来なら、いい加減、安全な領域に退避させるべき機体である。それが依然として報告を続けるというのは、退避命令が出ていないのか？

「哨戒機は退避命令を拒んでいるようです」

森山司令官に問われて、状況を確認した通信参謀は、そう返答した。

「拒んでいる……」

ＧＦ長官が退避を命じているなか、電探搭載陸攻はその命令を拒んでいる。抗命、つまり作戦中に命令を拒むなど大問題であり、あってはならないことだ。

それがいま、この重要作戦の最中に起きている。いや、まさに重要作戦だからこそ抗命《こうめい》は起きたのだ。

「馬鹿どもが、死に急ぎおって！」

森山司令官には哨戒機の乗員たちに、ほかに言うべき言葉がない。

いつから彼らがこの決断をしたのかはわからない。だが彼らはいま、敵部隊の詳細な情報を伝えるために危険を冒して前進を続け、電探を作動させている。

死ぬつもりはないと、彼らは答えるだろう。しかし、現実に敵戦爆連合の前に、護衛もない陸攻が接近すれば、撃墜されるのは明らかだ。

ギリギリで脱出するつもりであったとしても、生還の確率は高くない。それでも彼らは、自分たちの作戦成功のために、あえて抗命を冒してでも任務を続けているのだ。

「哨戒機より入電。敵戦闘機、接近中。GFの勝利を信ず。以上です」

通信参謀は声を抑えて、そう報告する。

馬鹿どもが、と森山司令官は思ったものの、口にはしない。口にできるはずがない。

彼が思った馬鹿どもとは、文字通りの意味ではなく、さらに、哨戒機に何も手助けできなかった自分らも含む。

それでも憤《いきどお》りは残る。大作戦に死傷者は不可避とはいえ、どうして彼らのような人間が真っ先に犠牲にならねばならないのか？

森山司令官の思いは、あるいはGF長官のそれと同じであったのかもしれない。

長官から第一〇戦隊に対して、対空戦闘準備の命令が下る。

阿賀野型巡洋艦は一五センチながら、長砲身の両用砲を連装で装備した砲塔を三基搭載していた。

一隻で六門、戦隊四隻で二四門の火力となる。それがまず最大射程となるべく仰角をあげ、方位角を定める。

「撃てーっ！」

森山司令官の命令が戦隊傘下の各巡洋艦に伝達され、主砲は放たれる。

砲戦距離は敵部隊と二万五〇〇〇を想定して放たれた。その測距のための諸元は、空に散った哨戒機からもたらされたものが重要だった。

完全に砲弾と弾薬の装填が機械化された阿賀野の主砲は、最大で毎分二〇発の発射速度をもっていた。

この発射速度でも、例えば相手が時速三〇〇キロで移動していた場合、六秒の間に標的は五〇〇メートル前進する。

一分間で五キロ、その間に戦隊からは四八〇発の砲弾が敵編隊に向けられることになる。主砲塔ではそれも想定して、諸元は射撃盤により微調整された。

それは正確な敵速がわからねばできない作業だが、哨戒機の報告は敵部隊の移動速度を正確に伝えていた。

部隊でもっとも高性能の電探は、筐体《きょうたい》と空中線の大きさ、さらに消費電力量から戦艦大和に装備されていた。

「GF長官より入電。ただいまの砲撃、見事なり！」

阿賀野の電探は大和の電探ほどの分解能はなかったため、何が観測されたかはわからないが、ともかくいまの砲撃で重爆らしい機影が減っているのは確かであるようだ。

敵重爆は、イギリスが開発した対戦艦用の大型爆弾を積載しているとも聞く。ドイツ戦艦を廃艦にしたとも言われているやつだ。大和攻撃にそれらが投入されても不思議はない。

だからこそ、重爆を最優先で攻撃する必要がある。畢竟《ひっきょう》、空母艦載機の通常爆弾の一つや二つ命中した程度では、大和は沈みはしないのだ。

阿賀野の砲撃は三分続き、敵重爆は激減したという。多くは撃墜されるか、損傷を受けて帰還したと判断された。

「いよいよ、正念場だ」

森山司令官は、艦橋より敵編隊の来るであろう方角を凝視した。

第1章　牡丹会

1

昭和一二年のその日、海軍省軍務局一課首席課員の森山中佐は、軍服ではなく、背広姿で赤坂界隈を歩いていた。

中央官衙《かんが》の軍人は森山中佐に限らず、定時に退勤すると、背広に着替えるのが普通である。

夏に起きた日華事変は当初の予測とは裏腹に、日本軍の快進撃ばかり伝えられるものの、終息する気配を見せなかった。

上海事件での陸戦隊の派遣などはあったとはいえ、海軍中央では、日華事変は基本的に「陸軍さんの仕事」と理解されていた。

しかしながら、日華事変は意外な形で海軍戦略に影響を及ぼしていた。それは予算である。

すでに盧溝橋《ろこうきょう》事件よりほどなく開かれた第七一回帝国議会では、昭和一二年度追加予算第一号および第四号が承認された。

この二件の追加予算は、合計すると約五億二〇〇〇万円にのぼるものであったが、この予算額は満州事変二〇ヶ月の戦費総額とほぼ同額であった。

そして、一時は停戦がなされるかと思われた日中間の武力衝突は拡大する一方であり、ついに九月一〇日、臨時軍事費特別会計法が公布され、これもまた議会を通過する。

この特別会計は、年度ごとに会計年度が定められる一般会計とは異なり、戦争（事変）の勃発から終了までを一つの会計年度として扱えるとするものである。

この特別会計法により、事態の拡大に伴う戦費の不足分を追加予算で補うことも可能となったばかりでなく、陸海軍は日華事変終結まで予算会計について議会に対する報告義務を免れていた。

これは、森山中佐ら海軍中央の中堅幹部にとって大事件であった。

すでに海軍はワシントン・ロンドンの両海軍軍縮条約からの脱退を決めていた。

このことを踏まえて新型戦艦の建造計画が、数年前より進められていた。

しかしながら、国際条約上の制約がなくなったからといって、おいそれと戦艦が建造できるわけではない。

予算の裏付けがなければ、戦艦など建造できないのだ。また、戦艦だけが更新されても意味はなく、相応の艦隊を整備しようとすれば、相応の海軍予算が必要となる。

そもそも海軍軍縮条約が結ばれたのが、海軍予算が国家予算を圧迫していたからであるから、条約明けでも新造は簡単ではない。

ただ国際環境のみならず、国内環境の変化があるのも事実である。それは何かと言えば、日本の経済成長そのものだ。

潰《つい》えた八八艦隊計画の大正時代と比べ、昭和日本の経済規模は倍以上になっている。それでも八八艦隊計画は無茶であろうが、戦艦新造のハードルは経済力の観点からはずい分と低くなっている。

そうした状況での特別会計法の実施だ。アメリカに対抗できる海軍戦備の拡充は、いま現実のものとなってきた。いきおい、森山中佐らが忙しくなるのは不可避であった。

それがあるために森山中佐は赤坂界隈を歩いている。

2

「ここか」

手帳に記されていた住所と屋号を確認する。そこはどう見ても豆腐屋で、料理屋も副業でやっている体《てい》の店である。

電話では私服で参加と指示されたので、背広で来たのだが、もっとくだけた恰好で来るべきだったかと森山中佐は思った。

まぁ、しかし、仕方がない。昭和一〇年の第四艦隊事件から、海軍への世間の目は厳しいものがある。

「嵐で軍艦が沈むような海軍で、国防の本義を果たせるのか！」という抗議の手紙も少なくなかった。

いまでは以前ほどでもなくなったものの、比較的最近まで、東京市内では海軍軍服で歩きにくい状況があったのも事実だ。

さらに昨年の二・二六事件から、軍人が集まるだけで痛くもない腹を探られかねない状況がある。

今日の集まりだって、そうした誤解を招かないようにとのことなのだが、こんな豆腐屋の二階で会合を持つような真似こそ、かえって怪しまれる気がした。間口こそ豆腐屋の玄関脇の階段を上るような、見るからに小さな店だが、いざ二階に案内されると、間口はそれほどでもないが奥行は十分にあった。

昔は間口の大きさで税金が徴収されたので、商家は奥行で面積を稼いだというが、そうしたことの名残だろうか。

ただ、目立たないように会合をするにはうってつけかもしれない。入口も狭い路地に面した階段だけだから、尾行するような人間がいるかどうか、二階から確認するのも容易だ。

「それでは牡丹《ぼたん》会をはじめさせていただきます」

発起人の一人である加瀬造船中佐が短く挨拶すると、宴席の十数人から拍手が起こり、そのまま加瀬の音頭で乾杯となる。

料理は鍋ということだったが、さすがに豆腐屋の二階とあって、豆腐やがんもどきは肉に負けないほど美味しい。

ただ乾杯の音頭から先、牡丹会に参加している海軍関係者は酒には手を触れていない。素面《しらふ》でいなければならないことを全員が理解しているからだ。

正直、鍋も不要ではあるが、万が一にも官憲が踏み込んできたような時には、これがあれば宴会との言い訳が立つ。加瀬はそういう部分で慎重だった。

「どうです、そちらの状況は?」

「まぁ、貧乏暇なしです」

森山は加瀬に世間話風に問いかけるが、そちらの状況が新型戦艦の話であることは、両者にとって暗黙の了解だ。森山は海軍省軍務局、加瀬は艦政本部の人間なのだ。

それがこんな遠回しの会話なのは、新型戦艦の建造について知っている人間が、海軍内部でも一部しかいないためだ。

今日の牡丹会の集まりでも、知っているのは四、五人だろう。だから暗黙の了解で、今日の議題では新型戦艦について語られることはない。

知らない人間が語ることはないし、知っている人間は決して触れないからだ。

「牡丹会もしばらくは開けませんか」

「この規模では難しいでしょうな。ただ一部の方とは密に連絡を取りたいとは思っています。

小規模なものは開けるかもしれません。小職が多忙なせいで申し訳ない」

加瀬はそう言って、新型戦艦の起工が間近いことを暗に森山に伝えた。新型戦艦で忙しいなか、牡丹会のメンバーで接触をもてるのは、新型戦艦の機密管理をクリアした一部メンバーだけになる。彼の曖昧《あいまい》な返答の意味はそういうことだ。

牡丹会が開かれるようになったのは、昭和一〇年の末頃のことだった。そもそもの理由は第四艦隊事件にあった。

演習中の第四艦隊の艦艇が、記録的な荒天のために転覆したり、艦首切断を起こしたりした事件である。

この事件は、その前の友鶴転覆事件の記憶も鮮明な時期に起きただけに、国民よりも、まず海軍自体に激震をもたらした。

記録的な嵐だから沈んだという問題ではなく、これは自分たちの海軍戦力に致命的な欠陥があるのではないかという疑いをもたらしたからだ。

そうでなくても、英米に対して量では勝てないから質を追求するという方針であった日本海軍にとって、その質が担保されていないことは大問題であった。

こうして各艦艇について、設計の見直しや復元力の改善が図られ、時に兵装が降ろされるようなことさえ起きていた。

対症療法で、とりあえず目処《めど》は立てることができた。海軍首脳の中には、それにより事態の沈静化を図りたいという者もいた。

しかし、佐官クラスの中堅層はそうも言っていられない。いま事が起これば最前線に立つのは自分たちだし、一〇年先二〇年先には、自分たちが将官として海軍を指導しなければならない。

それなのに根本原因が放置されれば、将来どんな禍根を残すかわかったものではない。

こうしたことから海軍省と軍令部の中堅幹部が、友鶴転覆から第四艦隊事件に至る根本的な原因究明をはかる勉強会を立ち上げた。森山もその時のメンバーの一人だ。

単に「勉強会」と呼ばれた集まりは兵科将校ばかりであり、件《くだん》の根本原因は「海軍の造船技術の問題」であると、漠然と考えていた。

つまり、軍艦の設計手法や建造方法に何か遅れか無理があり、それを解決しなければ、今回と同じことが起こる。そういう認識であった。

そのため、艦政本部などから造船官を呼びつけた時には、糾弾大会になることもあった。ちょうど藤本造船少将が失脚するような時期である。

ところが、造船官への一方的な非難に対して正々堂々と反論する人間がいた。それが加瀬造船中佐だった。

「造船官としての最大の過失は、軍令部作戦課の要求を鵜呑みにしたことにある」

偉丈夫《いじょうふ》というよりも優男《やさおとこ》風の彼が、眼光鋭く凜《りん》として主張すると、軍令部や海軍省の将校たちも怯《ひる》んだ。

結局のところ、「技術的問題」というのは彼らの抱くイメージに過ぎず、なにがしかの具体的な根拠があるわけではない。

「軍令部の作戦を実現するための軍艦を建造するのが、造船官の仕事ではないか！」

そう反論する者もいた。誰あろう、森山中佐その人だ。

しかし、加瀬造船中佐はそうした反論を予想していたらしい。彼は冷静に問い返す。

「我々もそう思っていた。そして、軍令部の要求仕様を満たす艦艇を建造した。特型駆逐艦など、その最たるものでしょう。

ですが、艦首切断という事態を招いたのも、それを実現した駆逐艦であった。

お尋ねしたいが、第四艦隊事件が起こる前、兵科将校で特型の構造上の問題を指摘した人はいただろうか？

海軍が試験の結果、問題なしと受領したのが、遭難した艦艇ではなかったか？」

「我々は兵科将校であるから、造船官より知識がないのは認めよう。しかし、あのような事故が起こることは専門家なら予見できたはずではないか」

「予見できました」

加瀬の発言は、その場の空気を明らかに凍らせた。その場の将校の中には、怒気を含んだ声を出す者さえいた。

「ある——名前はあえて出しませんが——造船官が、訓練などで特型駆逐艦の船体に皺《しわ》ができたので、その構造を再調査することを上申していたのです。

しかし、『演習の妨げになる』と、それは先送りにされたのです」

加瀬造兵中佐はあえて口にしなかったが、その場の人間には問題の重要性がわかった。つまり、造船官の指摘を件の指揮官が聞き入れていたなら、第四艦隊事件は回避できたのだ。

「例えば森山首席課員、造船官が海軍戦術を学ぶことをどう思われますか？」

「どう、思うか？」

森山はその単純そうな質問の背後にある意図を、すぐに見抜いた。

じつを言えば、この質問自体がけっして簡単なものではない。普通に考えるなら、造船官が用兵側の知識を学ぶことはよいことだし、じっさい基礎的な座学は彼らも受けている。

だが、問題はそこにはない。

造船官が戦術知識を持つということは、造船官の立場で海軍将校、つまりは用兵側の作戦に容喙《ようかい》する余地を認めるかどうかという議論につながるのだ。

しかも加瀬造船官の質問は、それだけでは終わるまい。造船官が戦術を学ぶとして、ならば海軍将校が造船技術を学ぶことはどうかという議論になるのは自然の流れだ。

言葉を換えるなら、海軍将校に「視野を広く持ち勉強しろ」と言っているようなものだ。ある意味で、喧嘩を売っているようなものだ。

だが、喧嘩を売られた形の森山首席課員としては、海軍将校の権威で加瀬を一喝するような真似はできなかった。

彼が馬鹿なら「生意気だ！」と罵声《ばせい》でも浴びせて一喝したかもしれない。

しかし、馬鹿じゃ海軍省軍務局首席課員になどなれないわけで、彼は加瀬の意見を理解し、納得した。

そもそも権威で一喝しても、問題の根本解決になりはしないのだ。

「つまり貴官は、用兵と造船の両者が相互に学び合う、あるいは密に意思の疎通を図ることが根本的な問題解決だと言いたいのか」

徹頭徹尾冷静に見えた加瀬造船中佐が、森山首席課員の発言にはじめて感情を見せた。それはアメリカの開拓者が偶然、砂金を見つけたかのような表情だった。

「まさに首席課員のおっしゃる通りです！」

この時の加瀬と森山の議論から牡丹会が生まれた。技術側と用兵側が忌憚《きたん》なく意見を交換する。

それは、海軍技術会議などの公式なものではなく、それらをより意義あるものとするための非公式の集まりだった。

例えば魚雷発射管の本数は、そのまま兵装の重量であり、駆逐艦の排水量などに関わってくる。

これも、いままでは単に軍令部からの発射本数の増加要求となっていたが、牡丹会以降は違ってきた。

戦術と技術のすり合わせが行われるようになり、「発射管の本数」が意味するものが何かというより本質的な議論に発展したからだ。

議論の中で発射管を増やす目的が、命中率の向上であることが明らかになる。

そこで、技術的には魚雷発射盤や照準装置の性能向上で発射管数を抑制する方向性や、駆逐艦の高速性能で雷撃時に一撃離脱で命中率を向上させるという戦術面の検討がなされた。

この戦術面の検討では、技術的立場から高速駆逐艦の可能性が議論された。

ただ現実には、海軍官衙も国家予算の枠内で動かねばならないため、超高速駆逐艦の類がすぐに建造されるわけではないのだが、議論そのものは軍令部課員や艦政本部の人間には深い印象を与えていた。

こうした経緯から牡丹会は回を重ねていた。

技術側が用兵に口を挟むことをよしとしない人間はやはりいて、そうした人間は抜けていったが、反面、そうしたことを大切に思う人間もいて、人数はそう変化しないまま、三割ほどの面子《メンツ》が入れ替わっていた。

ちなみに牡丹会という会の名称は「こんなご時世に、こんな面子で集まっていたら、一つ間違えれば全員の首が飛ぶ」という諧謔《かいぎゃく》から落首を連想させる牡丹の名がついたのであった。

この日の牡丹会は、ポスト軍縮条約と特別会計法を前提として、海軍戦備をどう拡充するかという議論が中心議題であった。

むろん、ここでの勉強会ですべてが一度に決まるわけではない。今回は、後の世で言うところのブレーンストーミングに近いものであった。

そのため牡丹会のルールとして、階級や役職にこだわらないというものがあった。相手が大佐で自分が少尉でも、牡丹会では対等にものを言う。

さもなくば最先任者の意見が正しいという話になり、牡丹会を開く意味がない。参加者が私服である理由の一つはそこにある。

同時に若い将校・士官には、自分の論が正しいなら臆することなく話すという経験を与え、佐官クラスには若い連中の意見でも、それがたとえ耳に痛いものであったとしても、正当に評価する度量・器量を養うという意味があった。

話は議論よりも歓談に近かったが、場の空気はだんだんと微妙な方向に向かいつつあった。

呉で建造が予定されている新型戦艦について、それを知らない者たちが、知っているであろう人間たちに色々と探りを入れてきたのである。

自分たちがその秘密にあずかる立場ではないことは百も承知ながら、牡丹会という非公式ルートでそれを手に入れようというわけだ。

手に入れてどうするわけもなかろうが、非公式で機密が手に入るルートがある、その中に自分がいることを確認したいのだろう。

むろん責任ある立場の人間としては、それは看過できなかった。新型戦艦の機密管理にどれだけの人材と手間が投じられているか。

ただ森山首席課員は、そうした若い海軍将校らを一喝することも躊躇《ためら》われた。せっかくうまくいっている用兵と技術の相互交流を、そうした形で傷つけたくないという思いがあるからだ。若い連中にこそ、中心になってもらわねばならないからだ。

しかし、森山首席課員が動く前に加瀬造船中佐が、よりスマートな方法で議論の流れを変えた。

「新型戦艦がどんなものであれ、我々の検討すべき、あるべき艦隊の姿は変わるまい」

それに対して、艦隊の中核となる戦艦の姿がわからねば、艦隊のあるべき姿は理解できないと、一人の若い将校が異を唱える。

ただ、こういう場面では加瀬のほうがやはり役者が上である。

「艦隊の中核が戦艦であると、なぜ決めつけるのか」

「なぜ？」

どうして戦艦が艦隊の中核なのか？　それを誰も疑ってこなかったが、正面から尋ねられて答えられる海軍軍人は少ない。

それは、日本海軍軍人にとっては「ご飯は箸で食べる」レベルの常識以前の認識だ。

件の若い将校は優秀な人物だったのだろう。そんなのは当たり前だと逃げることなく、加瀬造船中佐の意図を理解した。

「戦艦が中心なのは、日本海海戦をはじめとして過去の経験則が、そう示しているからです」

彼はそう答えてみたが、いささか言葉は自信なさげに見えた。

それはそうだろう。彼が唱えたのは過去の話、加瀬が議論しているのは未来の話。それは若い将校にも伝わっていた。

「加瀬造船官は、将来は艦隊の中心は戦艦以外の軍艦になるとお考えか？　例えば空母とか？」

「空母が艦隊の中心になる可能性は否定しない。一〇年前の飛行機のエンジンは五〇〇馬力にも満たなかった。それがいまは倍の一〇〇〇馬力のエンジンが登場し、雷撃も可能となった。

　戦艦長門の砲弾は一トンだが、例えば二〇〇〇馬力エンジンが登場したら、空母艦載機が長門の主砲弾よりも強力な爆弾を長門の主砲の有効射程距離の一〇倍以上の距離から投下することも不可能ではない。

　そんな爆撃機が空母に載れば、空母が艦隊の中心となり得るかもしれない」

「ですが、いまの話では二〇〇〇馬力のエンジンが登場するのは一〇年先では？」

「いまの空母は一つの可能性だ。一〇年後、空母が艦隊の中心かもしれないが、やはり戦艦かもしれず、あるいは巨大な潜水艦母艦かもしれない。

　忘れないでいただきたいが、日本海海戦の頃には、主力艦の資格があったのはそもそも戦艦だけだった。飛行機もなければ潜水艦もない。

　仮に一〇年後も戦艦が中心であったとしても、選択肢の広がった今日、そこでの艦隊の考え方は、日本海海戦当時とはもちろん、いま現在とも違っている可能性は少なくない」

「その論理でいけば、いまここで将来の艦隊を議論することも無駄かもしれないのではありませんか」

　その若い将校は、かなり深いところで加瀬造船中佐に反論する。それに対する加瀬の反応は不思議と嬉しそうだった。

「ある意味で、その通りだ。いまここで一〇年後の艦隊の姿を予測することは無理だろう」

さすがに、加瀬のその言葉に場はざわついた。加瀬がどんな人間かを知っている森山でさえ、話の方向が見えないほどだ。

「ここで一つ前提をたてよう。我々は予言者ではなく、未来の艦隊がどうなるか、それをここで正確に予測できない。

言っておくが、これは敗北主義ではない。国防という性格上、仮想敵国がどのような戦備を整えるのかで、我の戦備も影響を受けるからだ。

例えば、海軍戦力の中核が戦艦であり続けたとしても、敵が露払いに大量の空母戦力を投入してきたならば、戦艦を守る方法も当然変わるだろう」

「つまり造船官が言うのは、未来の戦備が予測できないなら、それに臨機応変に対応できる艦隊を建設せよということか」

森山は加瀬との交流が深いだけに、彼の話の方向性がようやく見えた気がした。それがいまの疑問となった。

「森山さんの言う通りだ。敵が新しい事態に臨機応変に対応できないなかで、我が日本海軍が臨機応変に戦備を対応できるなら、多少、数で劣勢でも敵の侵攻から日本を守ることはできるだろう」

加瀬マジックだなと、森山は感心する。口がうまいという言い方は当たらないだろうが、論の進め方にはいつもながら感心する。むろんそこには、私利私欲がないことも大きいのだろうが。

「造船官には何か腹案があるのか」

腹案があるだろうことを森山は確信していた。なぜなら時々加瀬が漏らす言葉に思い当たる節があったからだ。

それらは断片的で、森山も全体を把握しているとは言えなかったが、加瀬に総力戦をにらんだ考えがあることはわかっていた。

「スケッチ程度のものだ。完成した図面ではない。なので遠回りだが、順番に話したいと思う」

その場の人間たちの視線が、すべて自分に集まっていることを意識しつつ、加瀬は話し始める。

「知っての通り五五〇〇トン型軽巡は、水雷戦隊旗艦としての働きを十分に果たしてきた。

その一方で、改良も何度となく行われてきた。機関の改良もそうであるし、建造時にはなかった航空兵装の追加もそうだ。

この五五〇〇トン型軽巡の有り様は、いまさっきの話と重なることも多い。天龍・龍田では排水量が小さすぎて、航空兵装の追加は不可能だった。大きさに余裕のある五五〇〇トン型だからこそ、建造時には想定されていなかったような兵装の追加が可能となった。

もしも五五〇〇トン型軽巡ではなく、天龍型軽巡をそのまま量産していたとすれば、我が海軍の軽巡は、航空兵装を欠いたままとなり、列強の軽巡に遅れをとったであろうことは明らかだ」

そして、加瀬はいよいよ本題に入った。

「この五五〇〇トン型も、昨今の技術の進歩の前には能力不足の面も見えてきた。航空兵装にしても、搭載可能な偵察機は一機に過ぎない。ゼロよりはましだが、決して十分ではない。

だから、ポスト五五〇〇トン型軽巡の計画が進められている。それはこの場の皆さんもご存じだろう」

森山を含め、うなずいた人間は六割ほどだ。艦隊勤務のため、そうした情報には疎《うと》い人間もいるのである。

「小職は、先の考え方に沿って次期軽巡を提案したい。それは基準排水量八五〇〇トン、一五センチ連装砲塔三基、艦載機は最低でも水偵が六機、最高速力三五ノットの軽巡洋艦だ」

このスペックに周囲はざわつく。

海軍はかつて軍縮条約の劣勢の中で、基準排水量八五〇〇トンの最上型「軽巡洋艦」を建造していた。

排水量を抑え、主砲は一五センチ三連砲塔五基というものだが、これは有事には二〇センチ連装砲塔五基に換装し、重巡洋艦にすることを織り込まれた設計だった。だから軽巡洋艦と言いながら、その正体は重巡洋艦であった。加瀬がいま語ったスペックは、最上の例で考えても兵装は貧弱だ。

ただ造船官である加瀬が、その程度のことがわからないはずもなく、だから周囲の人間たちは戸惑う。

「水雷兵装は？」

先ほどの若い将校が尋ねる。そう言えば、彼は水雷屋だった。その疑問はしかし、鉄砲屋でも抱いただろう。

新型の軽巡洋艦は、主として水雷戦隊旗艦としての機能を求めて建造される。五五〇〇トン軽巡も、諸外国の軽巡より雷装が重視されている。排水量八五〇〇トンともなれば、しかも砲火力が少ないとなれば、重雷装を想像するのは不思議でもなんでもない。

だが、加瀬の返答はそうした予想とは違っていた。

「水雷兵装はむろん装備可能だが、基本設計には含まれていない。だから四連装でも五連装でも六連装でも、必要なら装備できる」

加瀬の説明は疑問を氷解させるよりも、明らかに相手を混乱させた。雷装を廃するわけでも、軽視しているわけでもない。

軽視しているなら、六連装発射管などという単語は出てこないだろう。しかし、基本設計には雷装は含まれないとも言っているのだ。それは矛盾ではないのか？

「排水量の割りには、砲火力が過少ではないか」

森山首席課員は、まず基本的なところから確認する。おそらくは加瀬も、彼にそういう役回りを期待している気がしたのだ。

「砲火力は、最上のように一五センチ砲を後から二〇センチ砲に換装できるようにする。それは技術的に問題はない。

さらに砲塔だが、現状では三基だが四基に増設できる。つまり艦載機用の格納庫は、後日、工事で一五センチもしくは二〇センチ砲塔を搭載できる。砲火力はこのように増設可能だ。

逆に水雷戦隊旗艦として、いま以上の重雷装が求められるなら、そうできるだけの余裕がある。魚雷発射管のほうが、砲塔の増設より容易ということもある。

砲塔が三基なのは、将来の必要に対してどちらにも対応できるという意味がある」

「造船官の言っていることはわからないでもないが、そうだとしても、基準排水量八五〇〇トンというのは過大に過ぎないか」

「軽巡洋艦としては過大かもしれないが、重巡洋艦としては不自然ではない。さらに空母としてなら、むしろ小さいくらいだ」

「空母⁉」

「小職も、新型軽巡洋艦というだけならば、八五〇〇トンなどとは言わない。七五〇〇トンくらいに見積もってもお釣りがくるだろう。

それでもあえて八五〇〇トンを必要というのは、主力艦以外の補助軍艦において船体を統一するためだ。

空母について検討は必要かもしれないが、八五〇〇トン軽巡を量産すれば、艤装《ぎそう》品も建造工程も統一できることで、工事期間の短縮と建造費の低減が期待できる。どちらも限られた海軍予算内で、より多くの艦艇を保有することにつながるだろう」

加瀬の話に対する反応は二分された。つまり、理解できた人間と、いまひとつ主旨を把握できない人間とにだ。おおむね赤レンガ経験者には、話は通じているようだった。

「つまり、八五〇〇トンで建造できる軍艦としては安価な軽巡を先に量産することで、工期と予算を抑え、その数を整備する。

その上で有事になったら、その時点での状況を判断し、軽巡を重雷装化するなり、火力を強化するなり、重巡化するなり、空母に改造するなりと、多様な選択肢を確保できるようになる。そういうことなのか？」

「その通り。この八五〇〇トン軽巡は、いわば標準軍艦とでも言うべきもので、短期間の工事で、作戦に適応した軍艦に改造できるようになる。

これこそが、英米との戦争に日本が負けないための工夫だと小職は考える」

加瀬の話があまりにも予想外であったためか、新型戦艦のことはすっかり忘れられてしまった。

ただ、加瀬の話の内容が理解されるに伴い、議論は技術面、用兵面、予算面で色々と具体化がなされるようになってきた。

「軽巡だけでなく、駆逐艦などとも艤装品の標準化を徹底すれば、数が出る艦種だけに量産効果はより大きいのではないか」

「軍艦の高角砲を駆逐艦の主砲と共通化できるなら、駆逐艦の対空戦闘能力も向上し、量産効果で建造費も節約できる」

議論の中では、そういう話も出てきた。さすがに加瀬造船中佐も、駆逐艦も含めた規格統一までは考えていなかったらしい。

そのためか、それを提案した階級もずっと低い若い造船官となにごとか真剣に語り合いはじめた。

この時の集まりは、結果的には何かの結論が出るというものではなかった。しかし、兵科・技術士官の垣根を越えて、関係者に強い印象を与える集まりとなったのである。

3

森山海軍大佐は昭和一六年一一月のその頃、さる軍艦の艦長職を経て軍令部出仕となっていた。

そして降り立った佐世保の町は、好景気の中にも緊張した、それでいて不安な雰囲気があった。

好景気というのは、海軍工廠《こうしょう》や関連企業の工場がフル稼働しているためだ。世間はアメリカとの戦争が起こるのかどうなのか、そうしたことに不安を覚えている。軍需産業がフル稼働である背景には、それにより戦争になった場合の安心感を得たいという気持ちも、あるいはあるのか。

もっとも森山海軍大佐は、そうした市民の不安感に対して、ある種の後ろめたさのようなものを感じていた。

彼は知っている。戦争が起こることを。

むろん一〇〇パーセントの話ではなく、まだ何パーセントかは外交交渉の余地は残されているが、ここまで駄目だったものが、この数日で逆転するとは思えない。

じっさい海軍は、すでに戦争を前提に動いている。森山大佐が佐世保工廠を訪れたのも、開戦を前提とした任務のためだった。

その任務とは、佐世保工廠で進水したばかりの軽巡洋艦阿賀野にあった。現在は艤装工事中で、砲塔と主砲が置かれていたが、まだ完成ではない。

かつて牡丹会で加瀬造船中佐が提案した軍艦のファミリー化と艤装品の統一化・共通化は、紆余曲折を経て新造艦から着手されていた。

そのため佐世保で阿賀野が建造されたなら、二番艦の能代は横須賀かどこかで建造するのが通常だったが、二番艦能代もほぼ同時期に起工し、阿賀野に若干遅れて進水し、艤装工事に入っていた。

これは一番艦の建造経験を二番艦に活かすという方針と、海軍工廠の事務手続き上の都合で、能代の進水式を遅らせたためだ。

じっさい工程の進捗では能代のほうが順調らしい。図面でわからないところがあったら、先行する阿賀野を見学して確認すればいいからだ。

逆に阿賀野で苦労した点は能代にも反映され、問題解決の時間は短縮される。

ただ量産効果を高めるため、海軍工廠側には通常より強い権限が海軍大臣より与えられていた。

それは原則として、艤装委員会による設計変更要求を認めないというものだ。

これは阿賀野型軽巡建造でもっとも揉めたところであるが、牡丹会メンバーの働きで、この原則は認められた。

設計変更しないから、阿賀野も能代もまったく同じ軍艦として建造できる。先行艦の工事具合を見学して参考にもできる。

艤装も変更されないので発注計画も立つし、量産して納期と価格を抑えられる。

さすがに一切の改造の余地がないわけではなかったが、「その改良を行わないと乗員の生命に関わるか、著しく戦闘力が低下すると認められる場合、同時工事艦の艤装委員会と協議し、認められれば改造する」という条件を満たすほどのものはなかった。

改造意見の多くが、ガンルームやワードルームの調度品とか士官居住区の何かというレベルで、大量の事務手続きを経てまで行うようなものではなかった。

冷静に考えるなら、艤装委員会の要求で図面にはない小改良を加えても、乗員は定期的に入れ替わるのであるから、個人の趣味を反映することにそもそも意味はない。

少なくとも設計を固定化することで得られるメリットほどのデメリットはない。

最大のメリットは竣工時期がほぼ同時にできることで、これにより軍艦二隻の戦隊がすぐに新編できた。つまり、迅速な戦力化が可能ということだ。森山大佐が訪れたのも、まさにここに理由があったのだ。

この方針の意外な結果は水雷兵装にあった。なんと軽巡洋艦阿賀野と能代には水雷兵装がなかった。

別に、不要だという意見が起きたためではない。問題は別にある。

一つは阿賀野型を水雷戦隊旗艦とすることが妥当なのかという、軍令部と水雷戦隊との意見の相違がある。

これは阿賀野型の航空兵装である水偵の搭載数四機が妥当かどうかという議論と重なっていた。

格納庫に収容できる機数は四機だが、やれば最大六機まで水偵の搭載が可能だ。であれば水雷戦隊旗艦としてのみならず、艦隊の目としては、航空偵察能力こそが重要で、そのためには水雷兵装の省略もやむなしという意見である。

これは軽巡が敵艦隊を撃攘《げきじょう》しつつ、先頭を切って敵部隊に雷撃するという戦術の妥当性の再検討でもある。

ただ、これは水雷戦隊側の激しい反発を生んだ。時期が悪いことに、軍令部は連合艦隊と真珠湾攻撃に関して対立してもいた。

軍令部としては山本長官に真珠湾で妥協し、ここでまた水雷戦隊に妥協しては、作戦指導上の禍根を残すと、これに対しては一歩も引かない姿勢を示した。

つまり、真珠湾作戦に関する対立の余波が、戦術論や技術論ではなく、軍令部の命令の問題として阿賀野型の水雷兵装の対立となったのだ。

結果的にこの問題に結論は出ていない。ただ工事が進んでいる中での新たな雷装は、巡洋艦の竣工時期を大きく遅らせてしまうことが海軍省より指摘された。

図面変更を認めないことで順調に建造が進んでいるのに、ここで水雷兵装の追加では、工事の遅れは建造中の阿賀野型全体に波及する。

水雷戦隊側としては、工事の遅れを自分たちの責任にされてはかなわない。しかも彼らにしても、阿賀野が具現すべき水雷兵装の水準について、具体的な計画がなかった。

工期は遅れ、設計案はなく、予算の裏付けもとることができないとなれば、基本設計から変えるわけにはいかない。こうして少なくとも竣工するまでは、阿賀野型には水雷兵装はないことになっていた。

そして、水雷兵装装備の可能性はさらに遠のいている。開戦を前提に五番艦大淀以降については、艦内格納庫は縮小して移動となり、その空間に一五センチ砲塔が追加されることとなった。

こうした工事も想定内なので、竣工時期への影響は最小限度となったが、これで大淀型以降は砲塔四基となった。

阿賀野型でも追加工事で四基化は可能だが、竣工時期を優先し、砲塔三基の基本設計のままで進められていた。

「これが九八式一五センチ砲か」

森山大佐は、工事未成の砲塔から力なく横たわる二本の砲身を見ていた。

ちょっと見た感じでは、通常の一五センチ砲より太く見える。それは発射速度が通常の一五センチ砲より速いため、砲身に冷却用のフィンが並んでいるためだ。

開発段階で、この一五センチ超速射砲について砲身の加熱が問題となった。そのため空冷ではなく水冷という意見も出されたという。

水冷は装置が複雑になることと、水温の維持を的確に行わねば砲身が歪《ゆが》み、命中精度が下がるという懸念から空冷となったという。

温度差と砲身の歪みは空冷でも起こるはずだが、艦政本部としては火砲の性能実現だけでも簡単ではないのに、そこに技術的経験のない水冷式砲身冷却など取り入れたくないというのが本音ではないかと、森山は考えていた。

加瀬に尋ねればわかるかもしれないが、多忙な友人に確認する気にはならなかった。

砲塔の大きさ自体は、連装砲塔ながら最上型軽巡の三連装砲塔とほぼ同じだ。これは二〇センチ連装砲に換装する場合の交換工事を最小にするためと、機械化が進んだ新型砲塔ゆえに装置類が大きくなったためだ。

「試射では毎分二〇発、最大で二五発の発射速度を実現したそうです。さすがに砲身の加熱があるので、二五発は実用的ではないそうですが」

「まぁ、撃てばいいというものではないからな」

九八式一五センチ砲、別名「超速射砲」は、対空火器としては恐るべき威力を期待されたが、問題が一つあった。砲弾の消費量が激しいのだ。

通常の艦砲では、砲弾は一門につき一〇〇発が普通だ。超速射砲なら五分で撃ち尽くしてしまう計算だ。

現在の阿賀野型軽巡の姿では艦内に余裕もあり、通常の軍艦以上の砲弾を搭載できるわけだが、長期間の作戦行動を行う上では不安もある。

そのため阿賀野型への弾薬補給と民間造船所に技術経験を積ませる目的で、阿賀野型軽巡の八五〇〇トン型船体を利用した給兵艦もとぶが、建造中だった。

さすがに弾薬を運ぶだけではなく、準工作艦的な作業もできる。これがあれば、戦闘で腐食した阿賀野の主砲内筒の交換も迅速に行える。

ちなみに「もとぶ」がひらがな表記なのは、漢字表記では「本部」であるためだった。それは少しばかりまぎらわしい。

「それで例の件ですが、どうなりました？」

「部隊編成の件だな。来年の五月に第一〇戦隊本部が新編される。竣工した阿賀野と能代の二隻はここに編入される。六月末には矢矧《やはぎ》と酒匂《さかわ》が加わり、第一〇戦隊は四隻編成となる予定だ」

二人の間では了解事項だが、第一〇戦隊司令官は、森山大佐が少将に昇級後に着任することになっていた。すでにこれは、海軍省より口頭で伝えられていた。

「六月ですか……我々が活躍する余地はあまりないかもしれませんな」

「日本にとっては、そのほうが望ましいだろう。戦争の長期化はわが国にとって望ましいことではあるまい」

「確かに」

自分が昇進し、戦隊指揮官になるというのは、森山個人は嬉しかったが、国のことを考えると複雑な心境ではある。

そもそも第一〇戦隊は、対空防御専門部隊と言ってもいいような部隊だ。高角砲も駆逐艦の両用砲を装備し、かなり強力なものだ。

ただそれが活躍する局面というと、全般的に戦局は守勢ということだ。それは日本にとって、なかなか厳しい状況だろう。短期決戦で戦争を終わらせられないということだからだ。

「戦隊なら、バラバラで運用されることはないでしょうな」

「バラバラな運用では、真価は発揮できん。ただ有力軍艦となれば、単艦での運用要求は避けられないだろうがな」

それに関しては森山もなんとも言えなかった。臨時に編組するようなことは軍隊では希《まれ》ではない。

むろん防空しかできないわけではないが、集団でいてこそ、真価が発揮できるのも事実なのだ。

「いずれにせよ、戦局次第だ」

そう、それに対応できるのがこの設計のメリットなのだ。

第2章　初　陣

1

阿賀野型軽巡四隻（阿賀野、能代、矢矧、酒匂）による第一〇戦隊の編制完結は六月末であった。

森山大佐は予定通り少将となり、第一〇戦隊の司令官となったが、その昇進も現職についても、必ずしも無条件で喜べない日々を過ごしていた。

理由は言うまでもなく、ミッドウェー作戦での空母四隻の喪失だ。軽巡阿賀野が竣工した頃にミッドウェー作戦は行われ、日本は大敗した。

阿賀野型軽巡四隻があれば、空母は救われ、歴史は変わったかもしれない。

むろんそんな想定は自意識過剰であり、傲慢《ごうまん》の誹《そし》りを受けるかもしれない。巡洋艦四隻で、空母四隻を守りきれるかと言えば、しかもそれが錬成途中ともなれば、そうはならないと考えるのが常識だろう。

それは、むろんわかっている。わかってはいるが、それでも自分たちがいたならば……という想いは消えない。

四隻とは言わないまでも、一隻くらいなら救えたのではないか？　そんな死んだ子の歳を数えるようなことをしてしまうのだ。

これは軽巡洋艦阿賀野型が、当初の水雷戦隊旗艦から、防空艦へと性格を変えたことも大きい。

日本海軍では空母戦力を整備するのに伴い、空母という軍艦の脆弱《ぜいじゃく》性が問題となった。

装甲空母のごときものを建造すると重心が高くなり、積載機数が小さくなる。そこで、空母の対空護衛艦を直衛艦として開発するという意見が出たのだ。

たまたま一五センチ超速射砲の開発に目処が立ったこともあり、阿賀野型軽巡の性格はこのように調整され、図面の変更は原則行わないのもこの調整の結果だった。

幸か不幸か水雷兵装に関するごたごたも、水雷兵装の後日装備問題を先送りとしたことで、軍艦の性格はかなり定まった。

だからこそ、空母四隻を守ることができなかったことが悔やまれる。別に第一〇戦隊自身の問題ではないのである。

ただ森山司令官も、空母喪失を悔やんでばかりもいられない。第一〇戦隊の四隻の軽巡洋艦にはなすべき仕事がある。

一つは個々の軍艦の訓練と戦隊としての一体感の錬成。さらに防空以外の任務もこなす汎用性だ。

汎用性については、水雷兵装がないことがマイナス要因のように思えるが、森山司令官はそうは考えていない。

真珠湾攻撃やミッドウェー海戦で航空機の存在感が増すなかで、阿賀野型のような軽巡による雷撃の可能性について、森山は懐疑的になっていた。

その意味では、現状のままでも汎用性は確保できよう。むしろ超速射砲は対空だけでなく、対水上艦攻撃や地上攻撃にも大きな効果を発揮するのではないか。

森山司令官の考える汎用性とはそうしたことだった。ただそれもまた、大型正規空母が瑞鶴・翔鶴の二隻という現実からきていた。守るべき空母が減った以上、新しい運用を考えるのは自分たちの使命だ。

もっとも西太平洋のこのあたりでは確かめようもないが、阿賀野型軽巡の九番艦と一〇番艦は、巡洋艦ではなく空母として改造され、竣工するという。

加瀬造船中佐からは、船体のファミリー化により、それは可能であり、じつは改造する場合の図面もかねてより用意されていると聞いていた。

ただそれは開戦前の話であり、多分に研究色の強いものであった。だが、ここに来てそれが実現し、むしろ重要な研究となったのはなんとも皮肉な話ではある。

空母を失ったことは、この八月七日現在の第一〇戦隊の任務にも影響していた。海軍は島嶼《とうしよ》帯の航空基地化を推進することになったのだ。

空母を建造するより島嶼を航空基地化したほうが、短期間に航空戦力を確保できるし、島は不沈空母だからだ。

そのため海軍は東部ニューギニアにも航空基地を建設し、米豪遮断の拠点を築くべく活動していた。

第一〇戦隊はそのための支援にあたっていた。物資の補給に従事するのは不本意ではあったが、艦内容積に余裕があるため、それは連合艦隊司令部による戦隊としての錬成期間という意味合いがあった。

じっさい移動中は陣形転換などの訓練を行えた。

旗艦阿賀野に関しては別の任務もあった。ミッドウェー海戦の反省なのか、電波探信儀なる装置が持ち込まれたのだ。

「電波で敵機の接近を探知する」

これもまた、容積に余裕がある阿賀野型だから搭載できた面がある。上甲板が広いので、電波探信儀の餅網のようなアンテナを左右両舷に設置できたのだ。

それは設置としか表現のしようがなく、艦に装備されているというより「置かれている」のである。

左右両舷と言っても艦内交通の障害にならないように、左舷側は艦首部、右舷側は艦尾に「置かれて」いる。置かれているから設置も容易だが、撤去も容易だ。

はっきり言って胡乱《うろん》な装置だ。森山司令官の本音を言えば、こんな胡乱な装置なんか設置したくない。

しかし、これを用意した海軍技術研究所の技官たちを見ると、考えも変わる。

森山が「自分たちさえいたら、四隻の空母は救えたかもしれない」と考えているように、この技研の技官たちも「自分たちの電探があれば、空母は救えたかもしれない」と考えていたのだ。

そうであるなら、電波探信儀の研究のために、それを設置するのは軽巡洋艦阿賀野しかないだろう。

とは言え、それは森山司令官の情の話であり、理の話ではない。なんでもミッドウェー海戦では、空母にこそ設置されなかったが、戦艦日向には電探が設置されたらしい。

それは役に立ったこともあったが、機械的信頼性は低かったというのだ。つまり、武人の蛮用に耐えられる水準にはない。

将来の技術投資として重要とは思うが、いま現在役に立つとは思えない。なにより信頼性が低いのは、兵器としては致命的だ。

それでも調子が良い時は、陣形転換して位置を変える軽巡の方位と距離を計測できているという。もっとも、できない時もあるようだったが。

この八月七日の早朝には、第一〇戦隊はニューアイルランド島のカビエンを出港した後、アドミラリティー諸島を経由して東部ニューギニアを目指していた。

何度かの往復で、部隊の一体感は高められたという手応えを、森山司令官は感じていた。その一報はそんな時に届いた。時間は現地時間の〇四一五である。

「ツラギが敵空母部隊に襲撃され、敵軍が上陸しているだと！」

それはまさに青天の霹靂《へきれき》だった。

〈敵猛爆中　〇四一二〉

〈敵機動部隊　二〇隻以上ツラギに来襲　攻撃中　敵上陸準備を認む　救援を請う

〇四二五〉

〈敵空母一　巡洋艦四を見ゆ　〇四三五〉

〈敵　ツラギに上陸開始　友軍抵抗中　状況により装備焼く　〇四四五〉

一〇分ごとに状況が動いていた。それだけ逼迫《ひっぱく》しているのだろう。

ツラギからの通信はラバウルの第八艦隊宛の緊急電であったが、第一〇戦隊も緊急電ということで、直接傍受して状況を知ったのである。

ただ疑問点もある。ツラギ基地のある場所は、島全体の小さな一角だ。二〇隻以上の機動部隊が投入されるとは信じ難い。

もちろん攻撃され、敵軍の上陸がなされているのだろうが、ツラギに対して過大な敵兵力の見積りという印象は否めない。

「ガダルカナル島からの緊急電は傍受されていないのか？」

それに対する通信参謀の返答は、ガダルカナル島からの緊急電はないというものだった。

ツラギとガダルカナル島は目と鼻の先であり、ツラギに二〇隻の機動部隊が攻撃を仕掛けているのに、ガダルカナル島に何もないというのも信じ難い。

「おそらく敵兵力の推定を間違えているのではないでしょうか」

先任参謀の麻田中佐も森山司令官と同じ疑問を感じていた。

「ガダルカナル島の活動は秘密裏に行われておりますが、ツラギは敵の拠点を占領した基地です。連合軍がプロパガンダのために奪還を試みた可能性もあるのでは？」

「プロパガンダのための奪還か」

それは確かにありそうなことだ。ツラギの飛行艇基地は、この方面における敵軍の動きを監視する上で重要な意味を持っていた。

つまり敵軍にとっては、自分たちの行動に掣肘《せいちゅう》を加えられることになる。厄介な存在であり、攻略は容易《たやす》い点で、ツラギの奪還は戦術として、敵ながら悪い着眼点ではない。

ただここで森山司令官が看過できなかったのは、ツラギの緊急電にあった空母一隻を含むという点だ。

第八艦隊は、水上戦力に関しては重巡鳥海こそ有力軍艦ではあるが、ほかはさほど有力軍艦はない。

ならば最新鋭の巡洋艦四隻の第一〇戦隊がツラギに向かわねば、誰が向かうのかということになる。

敵空母一隻の戦力であるなら、自分たちの対空火器で身を守ることはできるだろう。なるほど航空機は無敵の強さを誇るように見えるが、そのためには数が必要だ。

真珠湾の大戦果にしても、空母六隻を集中すればこそだ。

言い換えれば、空母一隻は兵力分散でもっとも脆《もろ》い状態と言える。自分たちなら敵軍の企図を砕き、うまくすれば敵空母を砲撃で仕留めることもできよう。

「ツラギに向けて針路を取れ！」

針路変更と同時に森山司令官は、第八艦隊司令部にツラギに向けて針路変更した旨を報告した。

予想通り、第八艦隊司令部もツラギに向けての反撃を準備していた。

この時、第八艦隊司令部は一連の動きを威力偵察と分析していた。そして、やはりツラギの敵兵力の報告は過剰と考えているようだった。

第八艦隊は水上艦艇こそ貧弱であったが、それなりの規模の航空隊をもっていた。だから敵空母一隻は基地航空隊で撃破できるだろうし、ほかの艦船も現有戦力で対応できる。あとは陸戦隊を送り込めば、ツラギの奪還は可能である。

それが三川第八艦隊司令長官の判断だったが、森山司令官にもその判断は妥当と思われた。

こうして第八艦隊と第一〇戦隊は洋上で合流して、ツラギへと向かうことになった。合流はおおむね一五〇〇以降と思われた。

当初、作戦は鳥海と第一〇戦隊の有力軍艦五隻で行うことが考えられていた。しかし、軽巡天龍、軽巡夕張、神風型駆逐艦の夕凪《ゆうなぎ》も参戦することになったという。

三川司令長官は、これらの艦艇の参加を足手まといと考えていたらしい。確かにこの三隻の艦齢は古い。

ただ森山司令官としては、自分たちが水雷兵装を欠いている分、こうした艦艇が参加するのはありがたいと思っていた。

「これが我々の初陣になるのか」

「初陣の相手が空母とは、相手に不足はありませんな」

麻田先任参謀の言葉に、森山司令官もなんら疑いを抱いていなかった。

2

水上艦艇部隊が出撃準備を行っている中で航空隊も動き出していた。〇八〇〇にはラバウルより陸攻二七、戦闘機一七の計四四機が出動していた。

陸攻はいずれも二五〇キロ爆弾二個と六〇キロ爆弾四個を搭載し、雷装はしていなかった。

ただこれは、ツラギに上陸した敵部隊を爆撃するためのものではなかった。三川司令長官の意図は、あくまでも敵空母の撃滅にある。だから、まず飛行甲板を使用不能とするために陸用爆弾を搭載していた。

これら陸攻隊は奇襲攻撃を意図していた。しかし、そうはならなかった。

まずラバウルからツラギに向かう航路はランドマークとしてブーゲンビル島の上空を通過するが、ここには連合軍の沿岸監視員が警戒にあたっており、陸攻隊の動きは把握されていた。

なおかつ、重巡洋艦シカゴのレーダーが陸攻隊の四四機を捉えており、シカゴの戦闘指揮班が空母部隊の戦闘機隊を指揮していた。

そのため、陸攻隊は自分たちが奇襲を仕掛けるのではなく、自分たちが奇襲を受ける立場になっていた。

この時、米海軍の空母はエンタープライズ、サラトガ、ワスプの三隻であり、これらはツラギからは退避すると同時に迎撃戦闘機を出していた。

重巡シカゴが戦闘機隊の戦闘指揮を行ったのも、空母部隊が退避したためである。

この状況で、陸攻隊は一一〇〇頃にガダルカナル島上空で六〇機あまりのＦ４Ｆ

戦闘機隊の待ち伏せを受けた。

米軍の計算では五割も多い戦闘機で待ち伏せた以上、敵航空隊は全滅するはずであった。しかし、そうはならなかった。

この時の零戦隊には、後にエースパイロットとして名前を残す逸材が一七機中に五人も含まれていた。

F4F戦闘機隊は日本軍機を全滅させるどころか、自分たちが圧倒された。F4F戦闘機隊の戦果は最終的に陸攻五機、零戦は二機にとどまった。

ただF4F戦闘機隊の損害について、日米で数字は異なる。日本側は四〇機の撃墜を報告したが、アメリカ側のそれは一一機であった。

互いの損失機の自己申告を正しいとすれば、零戦は一七機中の二機で約一二パーセントの損失、F4F戦闘機は六〇機中一一機で約一八パーセントの損失となる。三倍以上の数の優位がありながら、損失はF4F戦闘機隊のほうが六パーセント高いという計算だ。それは米軍側のシナリオにもない。

一方、零戦隊の奮闘で陸攻隊の損失は五機にとどまったものの、その爆撃成果は芳《かんば》しくなかった。

まず攻撃目標である空母の姿がなかった。空母がいないとなれば、作戦は失敗したも同然だ。

そこで艦艇と輸送船舶の攻撃に切り換える。切り換えざるを得ないとも言える。

だが、それでも爆撃は容易ではない。なにしろ戦闘機の数が多く、陸攻隊は高高度からの爆撃を行ったが、命中弾はほとんど出ないで終わった。

こうしてラバウルからの陸攻隊によるこの日の攻撃は終わった。

数時間かけて帰還し、戦備を整え、機体の修理や整備を行うとなれば、次の出撃は夜間になる。それでは戦果は期待できない。

翌八日にも陸攻隊は、陸攻二三機と零戦一五機の戦力で、再び空母を求めて出撃した。

今度の陸攻隊は捲土重来《けんどちょうらい》を期して、偵察機も展開し、あくまでも空母撃滅を目指した。装備も今回は雷装である。

しかし、今回も空母は陸攻隊を避け、レーダーに誘導されたF４F戦闘機隊の迎撃を受けた。

ただ零戦隊が通常の高度を飛行するのに対して、陸攻隊は非常識なほど低空を飛んでいた。

そんな陸攻の中には高度五メートル前後まで低空を飛行したものさえあったとい

う。

重巡シカゴのレーダーも二次元的な位置は指示できたが、高度までは判別できないため、ここまで非常識に低空を飛行する陸攻隊に対しては有効な指示を出せなかった。

というのも、高度が低すぎると波面と区別がつかず、レーダーでは発見できないためだ。だから陸攻隊を襲撃するＦ４Ｆ戦闘機の数は少なく、ほとんどが零戦と空戦を演じる結果となった。

ただ陸攻隊は空母がいないため、攻撃目標の変更を余儀なくされた。眼前の輸送船団に目標を切り換える。

ここで不思議なのは、陸攻隊は敵船団の規模を把握しているのであるから、上陸部隊の敵兵力について、自分たちの見積りを見直すことができたはずなのに、それが行われなかったことだ。第八艦隊以下は、最初の先入観のまま動いていた。

それでも陸攻隊の働きで、輸送船団は壊滅するはずだった。しかし、そうはならなかった。

低空を飛行する陸攻隊に対して、護衛艦隊の対空火器は恐ろしいほどの威力を示した。

じっさい二三機の陸攻のうち一八機が未帰還機となり、その原因はこれら対空火器によるものだった。零戦の損失は一機だけだったのとは大きな違いだ。

結果的に陸攻隊が撃破に成功したのは、駆逐艦一隻と輸送船エリオット一隻のみで、この輸送船は大火災を起こし、消火もできないまま夜まで燃え続けて廃船となる。

ただこの船がこの後、アメリカ軍に災いをもたらすことは、日米両陣営ともにこの時点ではわからなかった。

客観的に見て、米海軍の空母部隊は友軍を守り抜いていた。

しかし、第六一任務部隊指揮官であるフレッチャー中将は、別の現実を見ていた。たった二日間の戦闘で、戦闘機の二一パーセントが失われてしまったからだ。二日間というが、実質的には戦闘は二回だ。

日本海軍の基地攻撃隊の実力を考えるなら、彼らが本格的に攻勢準備を整えたならば、空母の安全は図れまい。

いままで無事でいたのも、敵が自分たちの居場所を知らないからに過ぎず、ガダルカナル島周辺海域にいる限り、遅かれ早かれ日本軍は自分たちを発見するだろう。飛行機だけではない、日本海軍には潜水艦もあるのだ。

「日本海軍基地航空隊の能力を考えるなら、貴重な空母群を上陸後四八時間以上、この海域にとどめておくことはできない」

フレッチャー長官は、そう判断すると総指揮官であるゴームリー中将に対して、機体の損耗率の激しさと、燃料の欠乏を理由に即時の引き上げを上申する。

そして、ゴームリー中将の返答も待たずに部隊を移動させてしまった。

当のゴームリー中将は、第六一任務部隊の空母三隻の引き上げを望んではいなかった。ガダルカナル島に物資を揚陸中の船団は、揚陸完了まで四日以上かかるのは明らかだったためだ。

それまでは空母部隊による上空支援が、どうしても必要である。

しかし、燃料がないと言われれば、ゴームリー中将も第六一任務部隊の撤退を拒めなかった。燃料がなければ航空機は飛ばないのだから。

燃料不足は、じつはフレッチャー長官の嘘であった。三隻の空母はまだ十分な燃料を抱えていた。

それでも撤退をフレッチャー長官が決意したのは、ここ数ヶ月の彼の経験ゆえだった。五月の珊瑚海海戦で空母レキシントンを失い、六月のミッドウェー海戦では空母ヨークタウンを失っていた。

あの時、スプルーアンス長官ならば、あるいは采配も違ったのかもしれない。しかし、一ヶ月の間に空母二隻を失ったフレッチャー長官にとって、日本海軍航空隊は依然として恐怖の対象であった。

じっさい敵に居場所が察知されていないのに、戦闘機隊は二度の空戦で二割も失っている。

しかもラバウルの航空隊が相手では、こちらが反撃してもラバウルは沈まない。その意味では戦っても勝てる相手ではない。

逆に日本軍は、三隻の空母を沈めることができる。八日の攻撃では護衛艦艇の対空火器が陸攻隊を全滅させたことなど、この時のフレッチャー長官の視界には入っていない。本格的な航空戦になれば、空母は沈められる。それが彼の考えの前提にある。

なにより彼を萎縮させたのは、皮肉にもミッドウェー海戦での米海軍の勝利だった。

いま自分たちは日本海軍の大型正規空母四隻を沈め、空母戦力では優位にある。だから三隻の空母を失うということは、このせっかく確保した空母戦力の優位を失うことにつながるのだ。

ゴームリー中将は第六一任務部隊の移動に伴い、代替策としてエスプリットサント島のＢ17爆撃隊に支援を要請した。日本海軍航空隊を牽制するためだ。現状それくらいしかできることはない。

こうして第八艦隊が知らない間に、空母部隊は戦域から離脱したのであった。

3

八月八日の〇七四五。

森山司令官は自分の乗る旗艦阿賀野に電波探信儀が装備されていることさえ忘れていた。

そんなものは技術者の実験と考えていたためで、特に意識していなかった。だから艦橋に伝令が来た時も、最初はなにごとかわからなかった。

「造兵官が電波探信儀に反応があると言っています」

どうやら電波探信儀の実験をしていた造兵官が、森山司令官なり艦長なりに何かを報告しようとしたが、部外者を艦橋にあげるわけにはいかないため、伝令が報告に来たということらしい。

「造兵官の立ち入りを許可する」

中川艦長がそれを許可した。造兵官自身も誰に報告すべきか曖昧であったので、艦長が引き取ったようなものだ。

エレベーターでのぼってきた造船官は、駆け込むように報告する。彼だって海軍人だから敬礼の一つもわかっているだろうに、それすらも忘れている。

ただ森山も中川も、造兵官の緊張はわかった。

「敵機が接近してきます！」


軽巡洋艦阿賀野から発艦したのは、零式水上偵察機であった。電波探信儀の報告から一〇分以内に発艦した形だが、搭乗員たちは正直、自分たちの状況がよくわからなかった。

電波探信儀なる機械が、敵機の接近を捕捉したので確認せよ。方位と距離と敵針と敵速も教えられたが、そこまでわかっているのに、何を確認するのかという想いが彼らにはあった。

それでも彼らは飛ぶ。どうやら自分たちの偵察飛行には、電波探信儀の性能検証の意味もあるらしい。

電波探信儀によれば、敵機は自分たちの前を斜めに横切る形になるようだ。ただ距離から考えれば、このまま飛行を続ければ、途中で日本艦隊を発見することは十分あり得る。

「あれか！」

機長は事前に受けた説明通りの位置に、その通りの方位と速度で飛行する敵機を発見した。

それはロッキード・ハドソン哨戒機であった。

雲量もそこそこあり、現在位置からはハドソンが第八艦隊を発見できるとは思えない。ともかく水偵はこのことを報告する。

「ただちに帰還せよ」

報告からすぐに、そんな返信が届く。そしてほどなく、ハドソン偵察機の周囲に砲弾が炸裂した。

六門かける四隻の二四発の砲弾だ。斉射は三回行われたが、七二発の砲弾が炸裂した褐色の煙が晴れた時、エンジンから炎を吹き出しながら墜落して行くハドソン偵察機の姿が見えた。

「敵偵察機撃墜を認む」

機長は喉がからからになっていることに気がついた。あの場にいたら、自分たちもただではすむまい。

「さすがは超速射砲だ……」

「通信長によれば、敵ハドソン偵察機が放った平文の緊急電ですが、突然激しい攻撃を受けた、それ以上の内容を伝えることはできなかったとのことです」

麻田先任参謀の報告に森山司令官は安堵した。安堵の理由はさまざまだ。敵機を撃墜できたこと、さらには自分たちの能力が確認できたことだ。

ただ砲術長の辻中佐は、手放しで戦果を喜んでいなかった。

「今回は水偵と敵機を電波探信儀で計測でき、さらにただ一機の敵のいる領域に、七二発もの砲弾をたたき込めたことが大きいでしょう。

ハドソンは相応に大型機ですから、的としてもそこそこの面積があります。敵機は回避さえしませんでした。

しかし、敵空母部隊に対しては、どこまで通用するかは未知数です。敵編隊は広く分散していますから、その中に砲撃を加えても百発百中を期待するのは難しいかもしれません」

阿賀野型軽巡洋艦には砲術科の人間が多く配置されていることもあり、森山司令官をはじめとして、辻砲術長の言いたいことは理解できた。

「結局のところ、敵機の規模や戦闘距離の問題でしょうな。

さすがの超速射砲も、距離二〇〇〇以内では対空戦闘で有効には働けない。そこからは高角砲が頼りになります。ただ早期に砲撃を仕掛けるなら縦深《じゅうしん》は深くできる」

それは以前から議論されてきたが、竣工から部隊編成までの期間が短かったため、十分な積み重ねをしてきたとは言い難かった。

個別の火器の性能は議論されていたものの、全体を通しての火器相互の連携については十分とは言い難い。

そのことをいまの戦闘で、彼らは感じていた。新機軸の軍艦だけに、学ぶべきことには事欠かないのだ。

「しかし、いまの敵機の報告で敵は動くでしょうか」

麻田先任参謀の疑問に森山司令官は答える。

「敵が空母を出してきたら、その時こそ、我々の実力が示される時ではないか」

ロッキード・ハドソンの緊急電は、ガダルカナル島へは直接は届かなかった。帰属部隊の違いから通信系統が異なっていたため、一度パールハーバーの米太平洋艦隊司令部を経て、ゴームリー中将の部隊に伝達され、そこからガダルカナル島へと報告された。

午前中のこの攻撃から、ガダルカナル島の水陸両用部隊指揮官であるターナー少将のもとに届くまで、八時間がかかっていた。

だからターナー少将としては、そもそもこの情報で何をするにも遅すぎた。またハドソンからの情報も、何かを決断するには状況がまったくわからなかった。

「敵の攻撃を受けたというが、敵とは誰なのか」

そもそもハドソンが、どこで攻撃されたのかもわからない。通信員が無能ということではなく、それだけ急な攻撃だったのだろう。

米太平洋艦隊司令部も、ガダルカナル島から二〇〇キロ前後先ではないかと分析していた。しかし、それは攻撃地点の情報とは違う。

「これほど急激な攻撃が可能なのは、航空機でしょうか」

参謀らの意見は、ターナー少将にも妥当なものと思われた。

「揚陸作業を中断し、輸送船は沖合に退避せよ」

ただでさえ揚陸が遅れているのに、それを中止して沖合に避難せよというのは、ターナー少将にとっても断腸の思いである。

しかし、偵察機が日本軍機の攻撃を受け、その状況から空母の存在が疑われるとなれば、全滅を避けるために輸送船団は退避する必要がある。

そして敵から上陸部隊を守るため、護衛部隊はガダルカナル島に集結していた。とは言え、ターナー少将は疑念も覚えていた。敵に備えるのは必要ではあるが、ハドソンが撃墜されたのは八時間も前だ。

しかも、撃墜されたのは二〇〇キロほど先である。空母の位置にもよるが、攻撃を仕掛けるならとうの昔に攻撃があって然るべきだ。

だが、日本軍空母部隊の攻撃はない。念のためにゴームリー中将に確認するも、この方面で、いま日本軍空母が活動している兆候は認められないと言う。

レーダーにさえ反応がない。たまにあってもラバウルからの陸攻だ。

こうなると、ハドソンが失われたのは事実としても、撃墜かどうかはわからない。攻撃の意味は不明ながら、事故で失われたと考えるのが自然だろう。

結果として、ガダルカナル島への上陸部隊は、船団と艦隊に分離されたまま夜を迎えることとなった。

4

「敵機動部隊の空母はなしか」

三川司令長官はラバウルからの陸攻や第一〇戦隊の水偵などの報告から、ガダルカナル島周辺二五〇浬に空母はいないらしいとの結論に達していた。

ガダルカナル島周辺は陸攻隊が偵察するので、艦隊は主として敵機動部隊がいると思われるソロモン諸島東方を中心に索敵を行っていた。

この時に、第八艦隊と第六一任務部隊が遭遇しなかったのは、第八艦隊が東を捜索し、第六一任務部隊は西から撤退したためだった。

第八艦隊にも空母はなく、ラバウルの陸攻隊も甚大な被害を出しており、さらにソロモン方面の索敵は敵軍に奪還されたツラギの担当であった。

そのためガダルカナル島方面の索敵は事実上、第一〇戦隊の水偵頼みが現実だった。彼らが入念に東方を捜索すれば、西方は否応なく手薄になる道理だ。

ただ三川司令長官にとっては、空母が撤退したという事実こそが重要だった。出動はしたものの、空母がいた場合に何をどこまで攻撃するか、彼には迷いがあったのだ。

この頃までにはようやく第八艦隊も、米軍が上陸したのがツラギだけでなく、ガダルカナル島にも上陸し、基地設営にあたっていた日本軍が撃破されたことを把握していた。

ガダルカナル島から報告がなかったのは、緊急電を打つ余裕もないほどの混乱であったためだという。

現状では米軍の意図ははっきりしない。空母が撤退したということは、やはり威力偵察程度のものであり、上陸部隊は小規模だろう。

むしろ敵は自分たちの存在に気がついておらず、泊地攻撃は完全な奇襲となる。

三川司令長官は、そう判断した。

三川艦隊は八隻であったが、三川司令長官の悩みは、どうしても参加させてほしいと談判してきた、天龍、夕張、夕凪の三隻についてだ。

艦種はばらばらで、合同訓練も行っていない部隊である。それが夜襲となれば、どこで事故が起きないとも限らない。なにより老朽艦である。

最初は、三川司令官も八隻の単縦陣を考えていた。速度を維持して単縦陣で進めば、夜間航行も安全である。

しかし、航行の途中で考えを変えた。それはハドソン偵察機を撃墜した第一〇戦隊の働きを目にしたためだ。

第一〇戦隊は水雷兵装を施されていない。しかし、強力な砲火力を持っている。四隻とも同型艦で運動特性も揃っている。

そこで、三川司令官は第八艦隊の四隻と第一〇戦隊を分離し、水雷兵装のある第八艦隊の艦艇と第一〇戦隊の二つで敵を攻撃するようなことを考えた。

陣形も第八艦隊と第一〇戦隊で間をあけて単縦陣を組む形とした。

一般的な形として軽巡が先頭なので、第一〇戦隊の四隻が一キロの距離をあけて先行し、そこから二キロ離れて鳥海以下の艦艇が一キロ間隔で四隻並ぶ。天龍や夕張は軽巡ではあったが、性能的な問題から殿《しんがり》であった。

こうして攻撃部隊の全長は八キロほどにもなった。部隊は二六ノットで進んでいた。老朽艦もあるので、一定速度で直進することで衝突などの事故を回避するためだ。

そうして一六二七に日没を迎えた。三川司令長官の采配は、ここで再び修正される。

きっかけは単縦陣で直進すべきなのに、第一〇戦隊が時々針路を微調整するためだ。まるで何かをよけるように。

「阿賀野の針路変更の理由は何か？」

旗艦鳥海からの信号通信に対して、阿賀野からの返答は最初、三川司令長官らには意味がわからなかった。

「電波探信儀が障害物を探知したゆえに回避行動をとったものなり」

返答は三川司令長官の予想していたようなものではなかった。そもそも電波探信儀とは何か？

わざわざ阿賀野に「電波探信儀とは何か」とも尋ねられず、とりあえず「電波」だからと通信長に確認すると、さすがに彼は電波探信儀の名前程度は知っていた。

「電波を送信し、その反射で敵の存在を察知する装置です。極超短波なので簡単には受信できません」

通信長は知っている範囲の知識を披露する。正直、彼も自分の知識の妥当性には自信がない。しかし、おおむね間違ってはいないはず。

ただ、このざっくりとした電波探信儀の説明は、三川司令長官にはむしろわかりやすい話であった。

艦隊司令長官を務めるだけに理解力はある。「特殊な電波で敵を察知する装置」、それが彼の電波探信儀に対する理解であった。

そうした装置は旗艦である鳥海にこそ必要と思われたが、電波探信儀のことは知らないし、現実にいま現在、旗艦鳥海にそんなものはない。となれば、阿賀野の電波探信儀をいかに活用するかという話になる。

「電波探信儀で夜間砲撃は可能なりや？」

三川司令官の質問には、すぐに「電波探信儀による射撃照準は不可なり。本機材は航海兵器なり」との返答が届いた。

主砲の射撃照準には測距儀や射撃盤が必要であるから、電波探信儀でわかるのは航海科の見張員レベルの精度なのだろう。

漠然と考えていたことが、この電波探信儀の存在により、三川司令長官の中ではっきりと言語化された。

「我が艦隊と第一〇戦隊はサボ島で分離し、泊地攻撃を行う」

夜間攻撃の事故を心配して単縦陣で部隊が移動しているが、第一〇戦隊と自分たちは分離すべきではないか。

砲火力で敵を撃滅する第一〇戦隊と、水雷戦力で敵を撃滅する自分たち。衝突の危険も第一〇戦隊が電波探信儀を持つなら回避できるだろう。

龍田や夕張の問題はあるが、それは部隊を分離してもしなくても変わらない状況であり、むしろ部隊が四隻と半減し、単縦陣が短くなったほうが全体を把握しやすい。

しかし、サボ島で分離という予定はまたも修正を余儀なくされる。米海軍が駆逐艦による哨戒活動を行っており、その哨戒網を阿賀野の電探が察知したのだ。

阿賀野からは極超短波の無線電話で鳥海にその旨が報告され、ここで分離前に八隻の艦艇は、敵に発見されることなくサボ島の南水道を通過し、二手に分かれてガダルカナル島の泊地へと向かった。

分離の直前に阿賀野からは、大型艦と思われる反応があることと、その位置が報告された。

巡洋艦部隊は二つあり、それぞれが巡洋艦三隻と思われる部隊へと向かった。

この時の阿賀野の電波探信儀はサボ島の影響を受け、駆逐艦の反応が不明瞭で、巡洋艦クラスの大型軍艦がなんとか識別可能な状況だった。

そのため二つの部隊は、敵巡洋艦部隊へと向かうこととなった。

じつは米海軍の哨戒艇の中で、二隻だけがレーダーを装備していた。哨戒艇なので火力は期待できないが、レーダーは装備されていたのだ。

ただそのレーダーの有効範囲は二〇キロにも満たず、その感度が急激に低下し、三川部隊を発見できなかった。

哨戒艇は、それをサボ島を背景としたために起こった障害と判断した。この時期のレーダーではよくあることだ。彼ら自身もそういう感度低下は何度か経験していた。しかし、真相は違った。

じつはこの米軍レーダーの感度低下は、阿賀野の電波探信儀の干渉を受けたものだった。

電波出力で阿賀野型の電波探信儀のほうが試作品ながらも消費電力が大きく、結果的にＥＣＭ（電子対抗手段）を意図せず仕掛けたようなことになっていたのだ。

より高性能のレーダーは重巡洋艦シカゴが装備していたが、この時点ではガダルカナル島に近すぎることもあって、レーダーは使用されていなかった。これは、米海軍もまだレーダー運用に十分な経験を積んでいないためでもあった。

第八艦隊はサボ島の北方水道から、第一〇戦隊は南方水道から、それぞれ接近して行った。

そして三川司令長官の重巡鳥海は、阿賀野の電波探信儀が発見していた巡洋艦部隊を発見する。

「全軍突撃せよ！」

八月八日二三三〇のことであった。

5

すでに重巡鳥海や阿賀野型巡洋艦四隻は水偵を飛ばしていた。夜襲を前提としてだ。

そして敵巡洋艦三隻を視認した時点で、三川司令長官は「照明開始」を下命した。夜空に鳥海の偵察機より吊光投弾が展開され、敵巡洋艦のシルエットが浮かび上がる。

鳥海と天龍がそれぞれ雷撃し、それと同時に砲戦準備が行われる。

先頭を行くのは重巡キャンベラであったが、彼らも咄嗟のことで何が起きたのかがわからない。

「なにごとだ？」

重巡洋艦キャンベラのゲッティング艦長は、突然明るくなった夜空に困惑を隠せない。素直に解釈すれば、これは敵襲だ。

ただ敵襲とは思ったものの、レーダーを有する哨戒隊もあり、敵艦隊が突然現れるはずがないのである。

しかも、この近くでは別の友軍部隊が母港に戻るべく移動しているはずであった。なので友軍が自分たちを誤認したのではないか？　その疑いも消えなかった。

「艦長？」

「とりあえず、呼びかけてみろ。友軍の巡洋艦かもしれぬ」

彼らは確認していないが、日本軍機らしい偵察機が飛んでいるという警報も出ている。ただそれをどこまで信用すべきかは疑問だ。

後続の重巡シカゴにはレーダーがあるが、何も言ってこない。ほかにもレーダー装備の哨戒艇があるが、それも沈黙したままだ。

ゲッティング艦長は、この原因を心理的なものと解釈していた、ガダルカナル島に上陸してから、部隊は日本軍の航空攻撃にさらされてきた。

しかも空母部隊は去ってしまった。つまり、自分たちは敵機に対してあまりにも無防備だ。それがありもしない偵察機を「発見」させた理由ではないのか？

それでも重巡キャンベラ以下の艦艇は、針路変更さえ行わず、無線機で自分らが友軍であることを呼びかけた。

しかし、どうも様子がおかしい。どこからも返答が届かず、しかも巡洋艦は主砲をこちらに向けているようにも見える。

「敵なのか？」

重巡キャンベラでは総員配置のベルが鳴り響く。だが、敵味方の識別もはっきりしないために、総員配置の命令もいまひとつ緊張感を欠いていた。

そして、重巡キャンベラに魚雷が命中、さらに次の重巡シカゴにも魚雷が命中する。この重巡シカゴへの雷撃は、以降の戦闘で米艦隊側が高性能レーダーを失うことを意味していた。

雷撃を受けたものの、重巡洋艦キャンベラも重巡鳥海を確認し、反撃を試みようとした。だがこの時、重巡キャンベラの二〇センチ砲は繋止状態で、即応できる状態にはなかった。

「雷撃用意！」

敵襲を受けた重巡キャンベラは主砲が使えないために雷撃を行った。発射した魚雷は二本。しかし、命中しなかった。

その間にも多数の砲弾が、重巡キャンベラに降り注ぐ。それに対してキャンベラも副砲の四インチ砲で反撃するも、勝負にはならなかった。

混乱が続くなか重巡キャンベラには、さらなる鳥海の二〇センチ砲弾が撃ち込まれる。すでに巡洋艦は傾斜し、火災は鎮火の目処も立たないような状況だ。

さらに砲弾の一つは艦橋を直撃し、ゲッティング艦長以下の幹部を失ってしまう。重巡キャンベラに比較すれば、重巡シカゴはまだましだった。鳥海の主砲はキャンベラに集中し、シカゴに砲撃を仕掛けているのは軽巡天龍と夕張であったからだ。

ただ砲撃は砲撃であり、重巡シカゴも砲弾が命中すれば無傷ではすまない。さらに重巡キャンベラのため、シカゴは鳥海を砲撃しにくい位置にいた。反撃すればキャンベラを誤射しかねない。

キャンベラは回避行動というより操舵不能に陥ったため、重巡シカゴは回避行動を取り始めるも雷撃と砲撃で火勢は激しくなった。

それでもこの時点では鎮火可能と思われた。ところが、突然の回避行動に後続の駆逐艦パターソン（阿賀野の電探では重巡と誤認された）に衝突し、駆逐艦は艦首を切断され、そのまま沈没してしまった。

重巡シカゴもこの衝突で船体に激しい浸水を来したものの、砲雷撃の混乱で有効な対処ができないでいた。

こうして重巡二隻に駆逐艦一隻が撃沈されてしまう。この事態に近くの駆逐艦二隻が接近してきた。

これらに対応したのは、駆逐艦夕凪と軽巡洋艦夕張だった。

両者は砲戦となったが、米駆逐艦は夕凪や夕張ではなく、鳥海へと砲撃を仕掛けてきた。

それは、キャンベラやシカゴの惨状を見れば理解できる行動ではあった。だから駆逐艦への夕凪と夕張の攻撃は、一方的なものとなった。

ここでようやく米駆逐艦の攻撃の矛先は、自分たちを攻撃してくる夕張と夕凪に移った。しかし、状況はすでに多勢に無勢である。

天龍がサーチライトで駆逐艦を照らし出すと、それに対して鳥海の二〇センチ砲弾が放たれる。

さらに夕張や夕凪は雷撃を行い、それぞれの魚雷が駆逐艦に命中する。砲撃と雷撃で駆逐艦は大破炎上し、戦闘力を失ってしまった。

こうして三〇分足らずの間に第八艦隊の四隻は、敵重巡二隻を含む五隻の艦艇を一掃してしまった。

「日本海海戦並みの大勝利ですね！」

神《かみ》参謀らの興奮気味の声に三川司令長官もまんざらではない。さすがに日本海海戦は大袈裟すぎるとは思ったが。

「第一〇戦隊のほうは、どうなっている？」

「あちらも戦端を開いているようです」

確かに空は赤く燃えている。

「勝っているのか」

「負けたとの報告はありません」

第3章 ソロモン夜戦

1

第一〇戦隊が攻撃に向かっていたのは、ニューオリンズ級重巡洋艦のビンセンス、クインシィ、アストリアの三隻であった。

すでに彼らは夜間にもかかわらず、航空機が飛んでいることは報告により知っていた。

しかし、それを日本軍機とはまったく考えていなかった。

飛行機に関しては上級司令部が把握しているはずで、そこから何も情報や警告が来ないからには友軍機である。

彼らはそう判断して疑わなかった。要するに油断していたことになる。

このことは、彼らがレーダーを停止していたことでも明らかだった。

島嶼の近くでは感度が低下することと、友軍艦艇のレーダーとの干渉を恐れてのことだ。

対する軽巡洋艦阿賀野の電波探信儀はというと、試作段階であり、島嶼帯での感度の低下という知見は得られておらず、友軍の電波探信儀との干渉も考えていなかった。阿賀野にしかないのだから、干渉のしようがない。

それに良くも悪くも、日本軍の電波探信儀はアメリカのようなＰＰＩスコープではなく、単純なＡスコープであるため、島嶼の反対側なら感度の低下があまりないということもあった。

すでに第一〇戦隊も水偵を飛ばしており、吊光投弾の準備もできている。そして、第八艦隊の攻撃開始と同時に、彼らも水偵より吊光投弾を行った。

重巡洋艦キャンベラでは、総員戦闘配置が命令されていたが、この米巡洋艦三隻には、そうした命令は出されていなかった。

当然、主砲も繋止位置にあり、即応できる状況ではない。米海軍としてはオーストラリア海軍の艦艇も動員し、厳重な哨戒網を作っているから、敵襲があるとしても哨戒線で察知されると考えていた。

哨戒網を潜り抜け、内懐に入ってくるとは予想もしていなかったのだ。

対する第一〇戦隊は、すでに敵に対して砲身を向けていた。

阿賀野、能代が先頭のビンセンスに照準を定め、矢矧がクインシィに、酒匂がアストリアに照準を定めていた。

そして、吊光投弾で三隻のシルエットが浮かび上がると同時に、四隻の巡洋艦は砲撃を開始した。

この時の砲戦距離は五〇〇〇を切っていたが、そのことは重巡よりも軽巡に有利に働いた。

一般的には重巡のほうが軽巡より重武装であるが、ニューオリンズ級重巡洋艦は条約型軍艦であり、砲火力を優先した結果として防御には限界があった。それはどこの国の条約型重巡洋艦でも共通する問題だった。

対して阿賀野型軽巡洋艦は、有事には砲塔の交換で重巡洋艦になるように船体も大きく、条約型重巡洋艦程度の装甲防御が施されていた。

だから防御に関して、阿賀野型は米巡洋艦と五分である。

さらに装甲防御とは、想定している戦闘距離で自身の主砲弾から守ることができるかという観点で決められる。

しかし、五〇〇〇を切った砲戦とは、そうした戦闘距離の想定よりもはるかに近距離であった。

つまり、軽巡の主砲でも重巡の装甲は貫通できた。なおかつ、阿賀野型の超速射砲は対空戦闘を重視した設計のため初速も速い。

その徹甲弾の貫通力は、近距離では二〇センチ砲を凌駕した（砲弾重量と空気抵抗の関係で、遠距離では重巡の二〇センチ砲に分がある）。

夜間戦闘ではあったが、至近距離で命中界も大きかった。三隻の米巡洋艦には、いずれも初弾から砲弾が命中した。

命中弾には艦橋を破壊したものや、装甲を貫通して艦内で爆発したものもある。

特に先頭のビンセンスは、二隻からの砲撃を受けたためと、速射砲だけに次弾砲撃が迅速であるため、初弾命中の被害状況を把握する以前に次の砲弾が命中したことで大混乱に陥っていた。

ビンセンスは三〇秒としないうちに、艦全体が炎に包まれた。

巡洋艦の近くには駆逐艦二隻もいたが、それらも鎧袖一触《がいしゅういっしょく》で撃破され、大火災を起こして戦線離脱を余儀なくされた。

クインシィとアストリアは矢矧・酒匂との一対一の戦闘となったが、これも米巡洋艦が戦闘準備を行う前に初弾が命中し、しかも発射速度が速いために反撃する暇さえ与えない。

統一射撃は不可能になり、すぐに個々の砲塔が個別に砲撃を加える事態になった。しかし、その間にも一五センチ砲弾は重巡を切り刻んでいった。

巡洋艦はやはり三〇秒ほどで、深刻な火災に見舞われていた。ビンセンスは砲塔の消火に失敗し、轟沈《ごうちん》して沈んでしまう。

クインシィとアストリアは炎上しながら操舵不能となり、前者は座礁して航行不能となり、後者は火災から浸水を招いて転覆してしまう。

第一〇戦隊は、こうして短時間で巡洋艦三隻と駆逐艦二隻を撃破するに至った。

結果的に、ここまでの戦闘で三川部隊は一隻の喪失艦もないまま、重巡洋艦五隻、駆逐艦五隻の一〇隻を屠《ほふ》る結果となった。


「さて、どうするか？」

三川司令長官にとって、それは難しい決断であった。

一〇隻の敵艦を屠り、味方の損害はほぼゼロである。だから海戦としては、このまま帰還したとしてもなんら恥ずかしいことはない。むしろこれ以上の戦闘は、無傷の友軍艦艇を傷つける恐れさえある。

一方で、そもそもこの作戦は、敵の輸送船団を襲撃することで敵軍の上陸を阻止する点にある。

したがって船団を撃破してこそ、勝利と言えるのだ。では、どうするか？

三川司令長官が恐れるのは、水上艦艇ではなく敵空母だ。いま帰還すれば、朝になる前に敵空母の攻撃圏から脱出できる。

しかし、船団を襲撃すれば、時間を食うために敵機の攻撃を受ける恐れがあった。

さて、どうすべきなのか？

「砲弾はまだ六割残っています。このまま敵船団に突入し、全滅すべきです」

鳥海の早川艦長は、そう主張した。しかし、大西参謀長も神参謀長も困った表情を浮かべるだけだった。

「いま離脱すれば、敵空母の攻撃を避けられる。我々に上空警護の航空隊はないからな」

大西参謀長は視線を空に向けたまま、それだけを言った。

結局のところ、三川司令長官も大西参謀長らと意見は同じだった。

あるいは全艦中破というような状況なら、突入を決意したのかもしれない。だが、現状は無傷である。

無傷の状態で大勝した。それは完全な勝利であり、その完全性を敵空母の襲撃で壊されたくない。それは軍事的な判断というより、日本人の潔癖性とでも言うべきものであった。

「先の索敵で、半径二五〇カイリ内に空母は見つかっておりません。そうであるなら、敵空母のことを懸念するのは杞憂《きゆう》では？」

早川艦長は食い下がる。

「それはそうだが、すべての海域を索敵したわけではない」

参謀長は、反論ともとれないような反論を口にする。

そこに一つの通信が届く。

「我が戦隊は、これより泊地に突入し、敵輸送船団攻撃に向かう」

それは第一〇戦隊の森山司令官からのものであった。

「一〇戦隊か……」

いまは行動を共にしているが、第一〇戦隊は第八艦隊所属ではない。便宜的に指揮下に入っているだけだ。

だから、彼らが三川司令長官の命令を待たずに独自に行動することは問題にならない。じっさい彼らは、自身の判断で自分たちと行動を共にしてきただけだ。

しかし、ここで問題はいささか面倒になった。第一〇戦隊が突入する時に、自分たちはどうするのか？

「一〇戦隊なら構わんでしょう」

そう言ったのは神参謀だった。

「うっかり失念しておりましたが、阿賀野型軽巡は防空戦闘用の巡洋艦です。それが四隻あるなら、敵空母の攻撃があったとしても自分らの身は守れる」

それは裏返せば、第八艦隊はこのまま帰還するという意味でもある。

旗艦鳥海は防空巡洋艦ではないし、他の三隻は対空戦闘能力もないに等しい。第一〇戦隊とは同列に語ることはできない。

「貴戦隊の武運長久を祈る。そう返信せよ」

こうして三川司令長官は、ガダルカナル島からの撤退を決めた。

2

水偵の報告から、ガダルカナル島のルンガ泊地の米船団には重巡一隻以外に有力軍艦はなく、貨物船が一五隻あることがわかっていた。

「貴戦隊の武運長久を祈る」

三川軍一第八艦隊司令長官からの返信にも森山第一〇戦隊司令官は、特に心を乱されることはなかった。

彼は第八艦隊が泊地攻撃までするとは思っていなかった。すでに大きな戦果はあげた。この上で鳥海だけならともかく、老朽艦を伴っての作戦は、輸送船団攻撃のような臨機応変な対応を迫られるため難しいと認識していたからだ。

むしろ彼が泊地攻撃を知らせたのは、第八艦隊に帰還を促す意味があった。運動性能が揃い、阿賀野だけだが電波探信儀もある第一〇戦隊だけで行動したほうが、事故は少ないだろう。

この時、船団の警護にあたっていたのは重巡洋艦オーストラリア一隻だった。また一隻で十分でもあった。

船団護衛をするなら多数の艦艇が必要だろうが、停泊中なら艦艇は哨戒に出るほうが効果的であるからだ。

周辺の異常に巡洋艦オーストラリアも気がつき、総員配置の命令が下されていた。しかし、罐の火まで落としており、巡洋艦は動けない。

そしてそれは他の輸送船も同様だった。徹夜の荷下ろし作業のために、どの船も補機だけを動かし、罐の火は落としていた。

日本艦隊との戦闘が起きていることはわかっても、すべての戦闘が短時間で終わっているため、自分たちが勝っていると思い込む者さえいたほどだ。

つまり、日本艦隊は哨戒部隊と交戦して激戦が起きている。そして自分たちの居場所まで進出していないのであるなら、それは敵が撃退されたということ。そうした解釈だ。

だから驚くべきことに、彼らは第一〇戦隊の接近を認めても、それは戦闘を終えた友軍部隊と考えた。

夜間であり、米重巡洋艦もまた阿賀野型と同じ砲塔三基であるためだ。

そのため砲戦距離五〇〇〇未満で砲撃が始まった時、重巡洋艦オーストラリアは何の備えもできていなかった。

総員配置についているだけで、罐の火を落とされているから主砲は動けない。

だから阿賀野と能代による砲撃は、重巡オーストラリアから見て一方的なものとなった。

砲弾は装甲部も非装甲部も貫通し、艦内で次々と炸裂し、重巡洋艦は炎に包まれた。

一般に一五センチ砲弾で重巡洋艦を廃艦にするには、二〇発の砲弾が命中しなければならず、一〇発でも戦力半減となる。

阿賀野型二隻の速射砲弾は、すでに二〇発以上の命中弾を得ていた。

斉射三回で砲撃は止まったが、重巡洋艦オーストラリアは、ほぼ満遍なく砲弾が貫通し、もはやダメージコントロールは不可能な状態となっていた。

そして、その間に矢矧と酒匂は、周辺の輸送船に至近距離からの砲撃を始めていた。いまだ輸送船団の機関は止まったままであり、しかも一部船舶は艀《はしけ》などで物資を輸送中で、動くに動けない状況だった。

静止目標に至近距離から砲撃を加える。外れるわけもない。

ただ矢矧や酒匂の艦長は、自分たちの砲撃手順をいささか後悔していた。近くの貨物船から手当たり次第に攻撃したため、手前の貨物船は撃破できたが、その後ろに位置する貨物船については炎上する船舶が邪魔になって照準が定められない。

ある程度は位置を変えれば砲撃できたが、攻撃された船舶に囲まれた船は、炎上する船が邪魔して砲撃が困難となった。

結局、微速で移動しながら、船舶と船舶の隙間から確認できる船を砲撃するという面倒な作業が必要となった。

個別の貨物船は一キロほど相互距離をとっていたが、炎上する船舶の輻射熱も強く、可燃物の爆発も認められたため、あえてその隙間から中に入ることは避けたのだ。

なにより外側は巡洋艦も移動できようが、海岸近くでは、座礁の危険が避けられなかった。

最終的に観測機の支援を得ながら攻撃は続けられ、一五隻の貨物船すべてが撃沈された。

時には主砲ではなく、副砲で砲撃する必要もあり、逆に大量の燃料を積み込んだ船が爆発し、周囲の貨物船を巻き込むようなこともあった。

ガダルカナル島からは、野砲らしい反撃は一度だけあったが、副砲で海岸に何発か砲撃をかけるとそれもなくなった。

むしろ海岸への砲撃で、揚陸したばかりの物資が延焼し、思わぬ戦果につながった。

こうして敵船団の壊滅は完了し、第一〇戦隊は急いで北上する。

さすがに連合国軍の残存部隊が反撃に動き出したが、重巡洋艦の喪失とその混乱で組織だった動きはできず、なおかつ電波探信儀のおかげで、接近してくる敵艦艇はかわすことができた。

敵が混乱しているのは、駆逐艦同士で砲撃が行われたことでもわかった。

おそらくは肉眼で第一〇戦隊を発見したのだろう。一隻の駆逐艦が高速で北上しようとしていた。

それは泊地とは逆方向であったために、別の駆逐艦が砲撃を仕掛け、それにその駆逐艦が反撃する形で砲戦が起きたのだ。

さすがに同士討ちは五分ほどで終わったが、この誤認により敵の残存部隊はその海域に集結し、結果的に第一〇戦隊に脱出路を提供する形となった。

「駆逐艦五隻、重巡洋艦六隻、貨物船一五隻、大戦果ではないか！」

第一〇戦隊の士気は最高に高まった。

誰もが経験不足ゆえに内心で引け目になっていただけに、この戦果は彼らになにものにも代えがたい自信を与えることとなる。

第八艦隊にもこの戦果を報告し、彼らはラバウルに向かう。ただし、第八艦隊の鳥海よりも二時間ほど遅れることとなった。

ただそれでも、このことに危機感を覚える人間は少なかった。敵空母部隊がいないことは確認できているからだ。

正直、第八艦隊は神経過敏なのではないかとさえ森山司令官などは思っていた。あれだけ派手に暴れたら、偵察機の一つも飛んで来て然るべきだが、そんなものは飛んでこない。

やはり敵空母はいないのだ。彼らはそう判断していた。

3

ガダルカナル島の状況は、第八艦隊と第一〇戦隊の攻撃により深刻な被害を受けていた。

その最大のものは、輸送船団の中にいた旗艦マコーレーの喪失であった。

第一〇戦隊が奇襲攻撃をかけた時、マコーレーの艦上では水陸両用部隊指揮官のターナー少将をはじめ、護衛部隊のクラッチレー少将、海兵隊のバンデクリフト少将らが、フレッチャー長官の空母引き上げ後の善後策を協議していた。

会議はターナー少将の怒りがおさまらないなかで始まった。彼から見れば、燃料がないか何か知らないが、フレッチャー長官の空母部隊撤退は敵前逃亡以外のなにものでもない。

むろん形の上では敵前逃亡でも命令違反でもないかもしれないが、形の上とは所詮は形の上に過ぎない。

「空母は撤退し、我々は橋頭堡を確保するための上空支援を失った。現下の状況では、明朝をもって輸送船団は撤退させねばならない。

そうなれば、今夜は徹夜でもっとも重要な物資のみを揚陸する。そうして揚陸に成功した物資のみで、海兵隊は当座をしのぐことになる」

驚くべきことに、彼らは日本軍機の攻撃をフレッチャー長官同様、心配していた一方で、水上部隊の活動についてはまったく懸念していなかった。

彼らは第一〇戦隊の活動は知らず、第八艦隊の戦力は脅威にならないと判断していた。

じっさい重巡だけでも第八艦隊の何倍もあるのだから、彼らが襲撃しても撃退できると考えていて不思議はない。

だが、まさにその油断が命取りになった。

さすがに攻撃を受けたという報告は彼らにも届いたが、それは鳥海など艦艇四隻という報告であり、哨戒部隊で始末できると彼らは考えていた。戦力的に負けるはずもない。

しかし、彼らは間違っていた。

戦力的には最新鋭の第一〇戦隊がいることが一つ。もう一つは、護衛部隊のクラッチレー少将は次席指揮官に明確な指揮継承を行っていなかった。

これは、二つの巡洋艦部隊が各個に第八艦隊と第一〇戦隊に撃破される大きな原因でもあった。

悪いことに、彼らには第八艦隊が引き上げたという報告だけは届いていた。損害報告は混沌としており、不明確であったが、誰も自分たちが負けたとは思っていない。

そうした中で輸送船マコーレーは第一〇戦隊の奇襲を受け、撃沈されてしまう。これにより島の海兵隊も船団も艦艇部隊も、一気に指揮官を失うという事態を招いた。

冷静に考えるなら、米艦隊の残存部隊でも東方の警戒にあたっていた艦艇などを集結すれば、第一〇戦隊を追撃することは可能であった。

しかし、指揮官全滅という状況では、そうした意思決定を下せる人間がいない。さらに情報をまとめる参謀らも戦死しており、追撃部隊の編成は不可能だった。

それに損傷艦の乗員の救出という問題もあり、彼らはそちらに忙殺された。

そうして最先任指揮官となったノーマン・スコット少将が事態を掌握した時には、状況はきわめて深刻だった。

重巡洋艦六隻、駆逐艦五隻が失われたばかりか、輸送船団一五隻が全滅し、物資の揚陸はほとんど終わっておらず、数少ない揚陸物資も日本軍の攻撃により灰燼《かいじん》に帰してしまった。

つまり、海兵隊は必要な物資をほとんど有していない。スコット少将は海兵隊に対していかなる権限も有していないが、現状が危険であることは十分に承知していた。

そこで、海兵隊の現時点での指揮官と直接連絡を取り、負傷者の収容と残存艦艇から食料と医薬品を提供することを行った。

補給という点では、まさしく焼け石に水ではあるが、海兵隊にとっては干天の慈雨であるのも確かであった。

ただ指揮系統も異なるため、これ以上の処置はスコット少将にもできない。艦艇の乗員で増援を編成するわけにもいかないし、撤退を決断することもできない。

そもそも残存艦艇に、上陸した一万あまりの将兵を収容する余力はない。それが可能なら船団など編成されはしないのだ。

むしろスコット少将は、昨夜の海戦による損害状況の深刻さに、自分たちの戦力保全を考えねばならないことも理解していた。

ガダルカナル島に上陸した海兵隊に増援や補給を送るにせよ、このまま撤退するにせよ、ともかく船団を新たに編成する必要がある。

船団を編成したら、それを警護する部隊が必要となり、巡洋艦六隻を失ったいま、自分たちこそが、その重要な担い手となるのは間違いないからだ。

スコット少将が賢明だったのは、正確な状況がわかる前に上級司令部に敵襲を報告したことだった。

敵襲を報告すれば、フレッチャー長官の空母部隊が敵艦隊を撃破するかもしれないではないか。友軍の航空隊が動くことこそ重要で、正確な損害報告は、それに比べれば二の次だ。

ゴームリー中将はマッカーサー司令部と緊急協議の上、エスプリットサント島からB17爆撃機隊を出動させるとともに、空母部隊への日本艦隊追撃を命じた。

出動したB17爆撃機は、海軍のゴームリー中将には直接届くことはなかったが、海軍のフレッチャー長官の空母部隊からは、すぐに返信が届く。

「我攻撃不能」

長々と理由は説明されているが、結論はそれだ。

空母部隊はガダルカナル島からあまりにも遠すぎ、敵艦隊を攻撃可能なまでに接近すれば、日本軍基地航空隊の攻撃圏内に突入することを強いられる。

空母部隊の安全を図るなら、すでに手遅れだ。敵の逃げ足が速すぎる。

「敵の逃げ足が速すぎるって、お前の逃げ足はどうなんだよ！」と憤るゴームリー中将であったが、いまは決断と行動の時。

ガダルカナル島の水上艦艇部隊には日本軍航空隊の攻撃に備えるよう命令し、潜水艦部隊には日本艦隊の捕捉撃滅を指令して、いかにも「海軍も仕事している」というアリバイを作りつつ、先のことを陸軍のB17爆撃機隊に委ねた。委ねる以外の選択肢はなかった。

4

帰路の第一〇戦隊は、夜明けとともに総員戦闘配置が下命されていた。昨日の索敵の範囲外に敵空母がいた場合、可能性は低いながら、空母航空隊の襲撃を受ける可能性があったためだ。

ただ森山司令官としては、それは半分は口実で、錬成途上の部隊に昨夜の大勝で驕《おご》ることなく緊張感を維持してもらいたいためでもあった。

「じっさいのところ、このまま敵空母は現れないのでしょうか」

麻田先任参謀には、敵空母が本当に現れないという事実が信じられないらしい。それもわかる。巡洋艦六隻、駆逐艦五隻、輸送船一五隻を撃沈されて、なにも反撃しないというのはさすがに信じ難い。

彼らの知るアメリカ海軍なら、ここまで徹底して攻撃されたなら、なにがしかの反撃を行うはずなのだ。

「やはり威力偵察で、敵空母は早々に撤退したため、追撃に間に合わないのかもしれん。あるいは反撃としてラバウル空襲を行うかもしれないが、そうだとすれば、いますぐにはなにもできまい」

「それなのですが……」

「なんだ、先任？」

「敵は本当に威力偵察だったのでしょうか」

「どういうことだ？」

「赤レンガ勤務の時に調べたのですが、完全武装の陸軍部隊一個師団を輸送するためには一五万総トンの船舶量が必要です。

昨夜攻撃した米軍の輸送部隊は、いずれも一万トン以上の大型船舶でした。つまり、輸送量は一五万総トン以上あることになります」

「ならば、敵兵力は完全武装の兵士一個師団以上の規模ということか。まあ、米軍と日本軍では違うとしても、機械化が進んで旅団規模ということはあり得るな」

それは重要な指摘であった。その推測が正しければ、敵は威力偵察という前提が間違っていることになる。

歩兵が一個師団でも、機械化が進んだ一個旅団でも、威力偵察にはほど遠い戦力だ。

そうなると、敵は恒久的にガダルカナル島を占領する意志があることになる。となると、海軍の米豪遮断の戦略も再考を余儀なくされよう。

そうした時に電話が鳴る。それは電波探信儀の技師からだった。

昨夜の活躍により、彼らには近くの電話機の自由な使用を認めていたのだ。さすがに専用回線を引く機材まではなかった。

「ガダルカナル島方面より大型機が多数接近して来ます！」

その報告を受けた森山司令官の気持ちは「来たか！」であった。このままなにも起こらないというのは、彼にとってもある意味、落ち着かない事実である。

「索敵機を出し、敵の詳細を報告。砲戦用意だ！」

敵の大型機は、ほぼ自分たちを目指して直線で飛んでいたが、方位には微妙なズレがあった。

敵攻撃隊は、正確な第一〇戦隊の位置を把握しているようではないらしい。日本艦隊は最短距離でラバウルに帰還するという前提で、ガダルカナル島とラバウルを結ぶ直線上を彼らは飛行しているわけだ。

ただし、彼らの想定は当たっている。第一〇戦隊は、ガダルカナル島からラバウルに向けて直線コースを航行していたからだ。

軍事においてはとかく敵の裏をかこうとしがちだが、限定された条件下で合理的な選択肢が少ないならば、敵味方ともに相手の行動を予測できる局面も希ではないのだ。

今朝は電探の調子が良いらしく――兵器としては、性能の好不調が大きいのは問題ではあるが――敵編隊を一〇〇キロほど先で発見した。

あるいは、大型機の編隊なので遠距離でも発見できたのかもしれない。

ともかく距離に余裕があるので、森山司令官の計算では、索敵機が敵と接触して詳細を報告してほどなく、敵編隊は一五センチ超速射砲の射程圏内に入るはずだった。

そして電波探信儀の誘導もあり、索敵機は最短距離で敵編隊と遭遇する。

「敵はB17爆撃機二〇機！　護衛戦闘機はなし！」

重爆ばかりの攻撃隊というのは、いささか意外だった。森山も他の人間も空母部隊の反撃を考えていたのだ。

「どうやら、敵空母は本当に遠くにいるようだ。もしもこれが威力偵察でないとしたら、敵空母の指揮官は我々を心底舐《な》めているか、大馬鹿者か、臆病者のどれかだな」

昨夜の輸送船舶の量から考えて、麻田先任参謀の言うように、敵兵力は歩兵換算で一個師団規模。アメリカがいかに金持ちの国でも、島一つの威力偵察に一個師団の兵力は投入しないだろう。つまり、目的は島の占領だ。

そのためには輸送船団の物資揚陸が完了するまで、空母部隊が制空権を確保する必要がある。

にもかかわらず、敵空母部隊は撤退してしまった。敵戦闘機の数から考えて、二隻以上の空母がいたはずなのに。

燃料切れかなにか避けがたい事情があるのかもしれない。

しかし、燃料切れなど事前の計画で対応できる問題だ。

森山司令官の印象としては、敵の司令官が怖じ気づいたのではないかと思うのだが確証はない。それに「敵が怖じ気づいた」というような自分に都合がいいような解釈を行うのは、軍事作戦では危険である。

「戦闘機を伴わないというのは、遠距離の基地から発進したと考えられます。だから戦闘機を伴っていない。おそらくエスプリットサント島が敵の基地でしょう」

麻田先任参謀の意見は、森山にも納得がいった。エスプリットサント島の状況について情報はないが、現状を説明するもっとも合理的な説明はそれだろう。

むしろエスプリットサント島に敵の重爆基地があることで、多くのことが説明できる。

ガダルカナル島の近隣の島――とは言え、それなりに離れてはいる――に航空基地があれば、ガダルカナル島の航空基地と並んで、日本海軍の米豪遮断作戦を効果的に阻止できる。

逆に彼らにしてみれば、ガダルカナル島を失うことは、エスプリットサント島が日本軍の直接の脅威にさらされることを意味する。そうやってドミノ式に島嶼帯の基地を失えば、日本海軍の米豪遮断は一気に進むことになるだろう。

そうであるならガダルカナル島は絶対に失うわけにはいかない島であり、一個師団の兵力投入は不思議ではない。

敵編隊は爆撃効果を高めるためだろう。密集して飛んでいた。第一〇戦隊にとっては願ってもない状況だ。

敵編隊は索敵機の存在に気がついていたが、攻撃さえしてこない。水偵のような相手をわざわざ攻撃するのも面倒だからか。

それに艦隊を全滅させれば、艦載機の運命も一蓮托生。そういうことかもしれない。

しかしB17爆撃機隊は、この水偵を撃墜すべきであった。なぜなら彼らはB17爆撃機隊の針路、速度、飛行高度、さらに現場の風向、風速を正確に報告していたからだ。

この情報だけでも対空射撃の精度は飛躍的に高くなる。距離は電波探信儀によりメートル単位で計測できる。

こうして最大射程で、次々と砲弾が敵編隊に撃ち込まれる。

自動装填で毎分二〇発の一五センチ砲弾が、一度に二四発、一分間に四八〇発放たれる。まさに砲弾の雨だ。

発砲開始と同時に、水偵は安全のために編隊から離れる。ただし、戦果確認のため現場には残る。

敵編隊にとっては、一五センチ砲弾の攻撃と弾幕は青天の霹靂であった。

阿賀野型の超速射砲が自動装填なのは、射撃盤から割り出した諸元に応じて、信管の起爆時間も自動設定するためだ。

そのため砲弾は、まさに敵編隊のただ中で炸裂する。さすがに直撃弾は出なかったが、そもそも破片効果で撃墜するのであるから、それは問題ではない。

むしろ通常の一二・七センチ高角砲などより六割増し以上の炸薬量を持つ一五センチ砲弾の威力こそ大きかった。

砲弾の表面積も四割大きいから、面積相応の破片が四散するのである。

Ｂ17爆撃機隊にとっての最大の衝撃は、自分たちに何が起きているのかわからない点にあった。

砲撃されているのはわかるが、何により攻撃されているのかがわからない。艦艇の姿など、彼らからは見えないのだから。

「わからない」、このことが彼らの判断を狂わせた。彼らは正体不明の敵だからこそ、あえて密集した。

攻撃は艦艇からであろうし、艦艇に反撃するなら、密集しなければ爆撃効果は期待できない。過去の経験でも編隊を維持してこそ、水平爆撃は効果が期待できたのだ。

その判断は艦隊と爆撃隊が至近距離なら成り立っただろう。しかし第一〇戦隊に接近するまで、彼らは五分弱の時間が必要であった。

単純計算で二四〇〇発の砲弾にさらされることになる。

さすがに第一〇戦隊にそれだけの砲弾は残っていないが、それでも一〇〇〇発以上の一五センチ砲弾にさらされなければならない。

そしてB17爆撃機隊は、そんな事情を知る由もない。相変わらず直撃弾を食らう不幸な爆撃機こそなかったが、撃墜機は最初の二分以内で現れた。

エンジンが破壊されて高度を下げていくものや機体の損傷が大きいもの、あるいは貫通した破片でパイロットが即死した機体。

撃墜された理由は様々だったが、五機が墜落することとなる。

ここに至ってB17爆撃機隊は散開したが、その判断は遅すぎた。撃墜されてこそいなかったが、残された一五機も大なり小なり損傷を受けていた。

何機かはエンジン出力の低下から、爆弾を捨てることを余儀なくされた。そうでない機体でも破片により乗員が死傷するものなどがあり、どう考えても作戦続行は不可能だった。

結果的にB17爆撃機隊は、ようやく日本艦隊を視認できたものの攻撃を中止し、帰還することを余儀なくされる。ほかに選択肢はなかった。

「敵重爆隊、帰還します。撃墜数五！」

水偵からの報告は、第一〇戦隊の士気を一気に高めた。

見張員も肉眼で墜落するB17爆撃機の姿を目撃できたことも大きかった。甲板の誰もがそれを確認できたからだ。もっとも、砲撃中に甲板に出ている人間は限られていたが。

「電波探信儀をどう生かすかが、一つの鍵ですな」

麻田先任参謀がなにごとか考えながら言う。

「電波探信儀か？」

「今回の大戦果は、電波探信儀の存在抜きでは語ることができません。見張員よりも遠距離で正確に敵を捕捉できたからこそ、迅速に戦闘準備を整え、敵を待ち伏せることができました。

なるほど電波探信儀だけで射撃管制を行うのは無理としても、正確な距離と敵針・敵速を計測できるだけでも命中精度には大いに寄与します。

現時点で試作品でありますから、艦内編制の上でも電波探信儀を扱うべき部局は不明です。通信科か、航海科か、砲術科か、そうしたことも決めねばならないでしょう」

「艦内編制か……」

電波探信儀の導入で自分たちの戦い方が変わるかもしれないとは、森山司令官も思っていたが、じっさいはやらねばならないことが山積しているようだった。

そんなことを考えている矢先に電波探信儀が故障した。マグネトロンが壊れ、予備もないので修理不能だという。

「機械的信頼性も含め、改善の余地があるようです」

5

昭和一七年八月、すでに造船大佐に昇進していた加瀬はこの時、神戸の川崎造船所にいた。阿賀野型軽巡の五番艦、六番艦の竣工に立ち合うためである。

「なんとか間に合いましたね」

上司である加瀬造船大佐にそう語る本間造船中佐は、上司同様に疲労の色が隠せない。

「これが実現できたなら、もう怖いものはありませんね」

寝不足のためか、やや饒舌《じょうぜつ》な部下に対して、加瀬造船大佐は口を動かすのも面倒くさげにうなずく。

彼らの前には、とりあえず工事の完了した阿賀野型軽巡洋艦の二隻の姿があった。ただ正確には、五番艦大淀と六番艦仁淀は阿賀野型ではなく、改阿賀野型として扱われる。

その理由は、五番艦から八番艦までの阿賀野型は砲塔を三基から四基に増設することになっていたためだ。

もともと戦時環境の変化に迅速に対応するため余裕度の大きな設計にするのが阿賀野型であり、二〇センチ砲塔への換装や一五センチ砲塔の増設については基本設計の派生系として含まれていた。

だから有事になり、砲塔増設という命令が下った時も、工事変更はさほど大きくなかった。

水偵用格納庫の空間を増設砲塔（位置的にはこれが第三砲塔となる）に転用すればいい。

阿賀野型は通常で水偵四機、最大で六機搭載できる設計だったが、砲塔四基に増設したことで、水偵の搭載数は二機に減じた。

軍令部の要求は、正確には五番艦以降の火力強化であり、直接的な砲塔増設ではない。つまり、一五センチ砲塔から二〇センチ砲塔への換装か、一五センチ砲塔の増設となる。

だが艦政本部との打ち合わせで、一五センチ砲塔増設で決まった。

一番の理由は工期である。二〇センチ砲塔への換装の場合、換装工事そのものは短期間で終わるものの、肝心の二〇センチ砲塔の製造が間に合わない。

対する一五センチ砲塔については余裕があった。すでにミッドウェー海戦の敗北もあり、阿賀野型軽巡の九番艦と一〇番艦は空母改造が決定しており、二隻分の砲塔六基が余っていたのだ。

基本的な大淀・仁淀の砲塔三基は建造時から発注されていたため、一五センチ砲塔の増設は、それらを転用すればすんだ。

九番艦・一〇番艦は横須賀海軍工廠で建造されるため、給兵艦もとぶが砲塔などを輸送できることも大きかった。

このあたりは設計側も予測していた。だから、二〇センチ砲塔換装と一五センチ砲塔増設案の二案を用意し、その時の状況で最善策を選べる余地を残していたのだ。

こうして火力増強の方法は決まったが、問題は工期だった。すでに阿賀野型の四隻は工事が進みすぎており、ここからの増設は工期を遅らせることになる。

そのため五番艦以降から砲塔四基となった。確かに七番艦・八番艦の伊吹と生駒なら、艤装工事に入る前だったこともあり、計画変更は容易だった。

問題は五番艦・六番艦の大淀と仁淀だった。こちらは砲塔増設可能ではあったが艤装工事に入っており、航空兵装の一時撤去のほかに、工事中に工事図面の変更という荒技を繰り出さねばならなかった。

一部には、こうした工期厳守の圧力は阿賀野型四隻で見せた「一切の設計変更を認めない」という艦政本部の態度に対する艦隊側の意趣返しとも言われている。

つまり、すでに存在する砲塔四基案の基本図面通りに、納期内に完成せよということだ。工事の簡略化も省略も設計変更なので認めないというわけである。

意趣返しの話がどこまで本当かはともかく、確かに図面変更はない。変更しないことで最短時間で完成できるからだ。

ただし、航空兵装はどうしても変更が必要だった。基本図面の作成時期の航空機と、その後の海軍航空の発達速度が違っているためだ。

もともとの格納庫は、砲塔を増加できるスペースとして用意されていたので、零式水上偵察機でも難なく運用できた。

しかし、基本図面の航空兵装は、もっと小型の複葉複座水偵を想定していたため色々と現実に合わなくなっていた。

これを修正し、発注作業をやり直すのは容易ではなかった。というより、航空兵装は砲塔増設にとっては予想外の伏兵だった。

砲塔の増設は容易だが、同時にその位置をずらすことができない。増設砲塔の位置をずらすとなれば、それが一メートル程度でも大変な騒ぎになる。

そうなると、砲塔は原図面のままで進めるしかなく、結果として航空兵装は、いささかアクロバティックな配置に甘んずるよりなかった。

それやこれやで、加瀬造船大佐は不眠不休でこの難問をやり遂げ、同時に七番艦・八番艦の基本設計を修正し、砲塔の位置をずらし、航空兵装をより合理的な配置にする設計とした。この二隻はその修正が可能だった。

つまり軽巡洋艦阿賀野型は、初期四隻と中期二隻、後期二隻で砲塔と航空兵装が異なることになる。

砲塔そのものは、空母に改造した分が二基あるので、阿賀野や能代の改造なら理屈では可能だ。ただ、現在任務についている阿賀野型について、砲塔を増設するかどうかはわからない。

短期間で換装できると言っても、相対的なものであり、それらの働きによっては改造のために数ヶ月も戦線から下げられない可能性もある。

それに関連して、加瀬が造船官として痛切に感じるのは、日本の造修施設の問題だ。日本が有利に戦局を展開しているいまでさえ、造修施設には余裕がない。

不謹慎な話、ミッドウェー海戦で空母四隻を失ったなら、空母四隻分だけ造修施設に余裕ができるはずだが、現実はそうでもない。

例えばミッドウェー海戦であれば、重巡洋艦最上の修理という計算外の作業が入っている。

砲塔三基で十分に働いているならば、それらの改造を行うよりも損傷艦の修理こそ優先される。

そうなれば、阿賀野型四隻は戦争が終わるまで砲塔三基のままかもしれない。加瀬の立場では、それでもいいとも思う。

戦争の最中に、損傷艦が多数発生するであろう状況で、あえて砲塔を増設する必要はないだろう。それは彼の最初の構想とは相容れない展開ではあったが、現実を受け入れないわけにはいかぬ。

むしろ阿賀野型軽巡の五番から八番までを砲塔四基と戦局に合わせられたことこそ、よしとしなければならないだろう。

「電波探信儀は載せられませんでしたね」

本間造船中佐は言う。技研から搭載を打診されていたのだが、加瀬造船大佐はそれを断っていた。

現時点でも工期はギリギリであり、電波探信儀のような装置を載せる時間的な余地はない。

そもそも信頼性も未知数の装置なのだ。載せたはいいが、役に立たなかったから撤去しますではすまされない。

もっとも技研は役に立つと主張し、そのへんから艦政本部と技研の組織間の問題となり、大淀と仁淀には搭載されないものの、七番艦と八番艦には搭載されることが決まった。

それは設置空間を艦内に用意するというもので、技研は電波探信儀をそこに収まるように手配する義務を負った。

正直、加瀬には譲歩しすぎのような気もしたが、すでに一番艦の阿賀野には試作品が搭載されているという既成事実で押しきられた。

海軍官衙の一員として、組織が決めたことには従わなければならないことは十分に承知していたが、忸怩《じくじ》たる思いはある。

結局、電探を載せたことで、最初の阿賀野型軽巡四隻以外に五、六番艦と七、八番艦で航空兵装や電波探信儀の配置などで、基本図面は三種類生まれたことになるからだ。

それが各艦の造修などに影響することはあまりないだろうが、加瀬にとっては、基本図面を変更せずに量産するという基本コンセプトが反故《ほご》にされたような気がするのである。

つまり、加瀬の考え方は必ずしも艦政本部内の主流ではない。個艦優位を口実に、同型艦でも現場の図面は細かく修正され、一つとして同じではない。それが艤装品の発注や規格化を阻害する。

技研の電探搭載要求も、そうした設計を変更せずに量産するという加瀬の方針を快く思わないグループが背景にいるとしか思えないからだ。

「量産性を犠牲にしてまで載せるほどのものではあるまい」

加瀬は、やや苛立たしげにそう返答する。それは加瀬の本心だった。

ただ彼が苛立たしく感じたのは、部下である本間までが、彼の量産の考え方を理解していないように思えたからだ。

誰よりも自分の「艦船の量産」について理解していると思っていただけに、こんな発言が出ることに、彼は大袈裟に言えば傷ついたのである。

しかし、本間の真意は違っていた。

「思うのですが、排水量に余裕を持たせて量産するというやり方は、まだ改善の余地があるのではないでしょうか」

「どういうことだ？」

「現状では、電波探信儀を搭載する余裕は十分ありますが、小なりといえども図面変更が避けられません」

「仕様変更とはそういうものだからな」

「仕様変更のあり方を、もっと設計の余裕に織り込めないでしょうか」

「言ってることが、よくわからんのだが？」

「七番艦と八番艦では、電波探信儀を搭載する船室を用意しました。あの時に考えたのですが、いまの電波探信儀は試作品段階です。実用段階を迎えたら、どうなるでしょう」

「そりゃ、試作品を撤去して実用兵器と入れ替えるだろうな」

「入れ替えるとして、それは同じ船室ですね」

「そうなるだろうな。あえて位置を変える理由はなかろう」

「なら船室でなくてもいいのでは？」

「船室でなくて、どうする？」

「電波探信儀の入れ替えにしても、工事としては何日もかかります。旧装備の撤去と新装備の搬入で。

例えば、船室と同じ大きさの鉄の箱を用意して、旧装備の箱と新装備の箱をクレーンで入れ替えるなら、数時間で工事は終了するのでは」

本間造船中佐の言っていることの意味を咀嚼《そしゃく》するのに、加瀬造船大佐はしばらくかかった。

理解はできたが、納得するまでに時間がかかったのだ。

ただ咀嚼してしまうと、本間のアイデアの斬新さが理解できる。

例えば阿賀野型軽巡洋艦は、水雷兵装を基本設計では装備していないが排除もしていない。後日装備の余裕はある。

しかし、それでも装備するとなると相応の工事期間は必要になる。結局、空間に余裕があるというだけで、その空間で工事が必要なのは避けられない。

だが本間が言うように、箱形の空間をあけておいて、そこに水雷兵装を載せた箱をはめ込めば、数時間で水雷兵装を追加できる。

それだけではない。水雷兵装と同じ大きさの箱に対空機銃や高角砲を載せられるなら、巡洋艦は対空戦闘力を向上できる。

そして必要に応じて、また水雷兵装を戻すことができる。

さすがに基準排水量で大きな割合を占める二〇センチ砲塔や一五センチ砲塔まで、そういう鉄の箱と同じにはいかないだろうが、高角砲や対空機銃、魚雷発射管なら、そうした規格化された鉄の箱に収められるだろう。もちろん電波探信儀も。

加瀬は、部下のこのアイデアに久々に感動さえ覚えていた。そして、このアイデアをなんとしてでも実現したいと思った。

ただどこで実現するか？

阿賀野型巡洋艦が真っ先に考えられるが、九番艦・一〇番艦が空母に改造されたことからもわかるように、阿賀野型巡洋艦の船体は量産されようが、それは主に軽空母用に量産されることになろう。

巡洋艦としては、阿賀野型はおそらく八番艦で終了だ。改阿賀野型軽巡洋艦なら、そうした新機軸も織り込めるだろう。

だが、そこに矛盾がある。加瀬造船大佐も計画時には気がつかず、開戦後に気がついたこと。それは阿賀野型の設計コンセプトは、改阿賀野型の出現にはマイナスに作用することだ。

初期には軽巡で計画された青葉型重巡は、どう改造しても妙高型重巡にはなれない。青葉型に砲塔増設の余地はない。だから重巡洋艦を手に入れるには、妙高型を設計するしかない。

しかし、砲塔の増設まで可能な阿賀野型は、設計に余裕があるため限界まで改造・増設が可能である反面、限界に達するまで改阿賀野型を建造する必要性が生じない。

そもそも今次大戦で、いま以上の巡洋艦の建造が必要なのかも定かではない。駆逐艦は大量に必要としても、改阿賀野型のこれ以上の量産は実現性が低いのだ。

加瀬造船大佐は、この考えを率直に部下である本間造船中佐に語った。

「ならば、現在建造中の新型駆逐艦をそういう形で改良してはいかがでしょうか」

「駆逐艦か！」

言われてみればあまりにも単純明快な回答で、加瀬はこれを思いつかなかった自分が、心底馬鹿に思えた。

「いまの駆逐艦は両用砲装備です。だから対空戦闘力を上げたいなら、魚雷発射管を降ろして、両用砲をはめ込む。艦隊戦が起こるなら、水雷兵装と入れ替える。そういうやり方なら可能では？

うまくすれば、水偵の一機も搭載できるかもしれません」

「それだ！」

二人は眠気も吹き飛んで、それから宿舎に戻るまで新型駆逐艦のコンセプトを議論した。

「基準排水量一五〇〇トンで、砲塔四基もしくは三基に、水雷兵装または砲塔三基と連装機銃三ないし四基あたりか」

風呂に入っている時でさえ、加瀬はそんなことを考えていた。

第４章　給兵艦もとぶ

1

　昭和一七年八月一四日。給兵艦もとぶは、密かにラバウルを出港した。

　過日の海戦、いわゆる第一次ソロモン海戦での圧倒的な勝利により、ガダルカナル島に上陸した米軍は補給物資を失い、戦闘力を大きく低下させているという。対する日本軍は、米軍に奪われた飛行場を奪還すべく、陸軍部隊の編成を急いでいた。

　どの部隊を派遣するかは、すでに決まっていた。ミッドウェー海戦で勝利していた場合に、島への上陸部隊として用意されていた一木《いちき》支隊がガダルカナル島奪還に投入されることとなった。

　ただ、部隊は決まっていても、すぐに話は進まなかった。どうやって一木支隊を派遣するか、その手段の決定に時間がかかったのである。

要するに、一木支隊を運んでいく貨物船の手配に時間がかかったわけだ。

「米軍の船団を全滅させずに鹵獲《ろかく》すればよかったのに」と、艦隊の軍需部あたりから冗談とも本音ともつかない愚痴が漏れるのも、この船舶量の問題があった。

しかし、状況は給兵艦もとぶが別の任務――本来は第一〇戦隊と同じ東部ニューギニア方面への輸送作戦――で、ニューアイルランド島のカビエンに寄港することが明らかになり、一気に動き出す。

急遽、この給兵艦もとぶを一木支隊の輸送にあてることが決まったのだ。

もともと阿賀野型軽巡洋艦の主砲の輸送や砲弾の補給用に建造された船であり、第一次ソロモン海戦で大量に弾薬を消費したので、補給のためにカビエンに寄港したのである。

軽巡洋艦と同様の船体ながら、輸送船としては四軸から二軸に減じ、最大速力は二六ノットとなっている。

阿賀野設計時の船体のバリエーションとして、輸送船舶はあまり考えられていなかったため、輸送船としては細長く、速力は出るものの積載量は水線長の割りには大きくない。

また、燃料や真水の補給も能力として備わっている関係で、物資の積載量は容積トンとしては七〇〇〇トンであった。

もっとも、この七〇〇〇トンも多分に理論値であった。というのも日本海軍の艦船にはありがちだが、一つの特務艦船に複数の用途を組み込むためだ。

もとぶもご多分に漏れず、水偵発射能力があり、最大で八機の水偵の運用が可能という、準水上機母艦的な能力を有していた。

だから一木支隊をどれだけ乗せられるかは、水偵をどれだけ降ろすかという話であった。

幸か不幸か、この時の給兵艦もとぶはカタパルトに一機のみの水偵しかないため、容積トンとしては七〇〇〇トンが使えた。

一般に、歩兵一個連隊と砲兵一個連隊の支隊の輸送では三万総トンが必要とされる。ざっと、もとぶの四倍の量だ。

ただし、砲兵機材は容積トンとしてはかなり喰う――野砲で一八トン換算――ので、実際は歩兵一個連隊だけなら、もとぶ一隻でも輸送できた。

まず歩兵連隊が橋頭堡を築き、その後に砲兵を移動する。おおむねラバウルからガダルカナル島までは、もとぶの速力で一日かかる。

だから歩兵連隊を移動し、翌々日に砲兵が上陸できる計算である。深夜に歩兵部隊が上陸すれば、砲兵部隊の乗船さえ円滑なら、砲兵も夜間に上陸できる。

じっさいの航行では、給兵艦もとぶに旧式の二等駆逐艦から転用した哨戒艇も行動を共にする。

その理由の一つは、もとぶには対潜兵装がないためだが、哨戒艇の対潜兵装も爆雷投下軌条と増設された投射機があるだけだ。

一方で、この程度の対潜兵装でも二六ノット前後の速力で移動するなら、よほどのことがなければ敵潜の魚雷が命中することはないと思われた。

哨戒艇の役割は、むしろ上陸補助にある。給兵艦もとぶよりも哨戒艇のほうが喫水が浅いので、それだけ海岸線に接近できる。

哨戒艇は中型発動機艇を左右両舷のデリックから降ろせるように改造されていたため、一木支隊の先遣隊が同乗し、いち早く橋頭堡を築く役割を負っていた。

そのため大隊砲などの重火器も、彼らには持たされていた。それ以上の火力は砲兵連隊とともに運ばれる。

砲兵連隊の完全移動には二往復が必要だが、とりあえず、砲火力ゼロという事態だけは避けられる。

部隊移動の関係で水偵は一機しか搭載できなかったが、この輸送作戦では二機が運用されることになっている。

つまり二機の水偵が交替で飛行するので、もとぶの艦上にあるのは常に一機という計算だ。

これも一日の行程だからこそ可能であり、歩兵連隊を降ろした帰路には二機とも搭載する予定である。

じっさいの運用は、もう少し面倒だ。帰路に回収する水偵は二機ではなく、じつは三機なのだ。

一機の水偵は、ラバウルからガダルカナル島に先行している。その理由は、水偵の無線機を島に残っている設営隊や陸戦隊に提供するためだ。

一木支隊の先遣隊が上陸するための下準備を彼らに用意してもらう必要があるのと、現場の状況を把握する必要からだ。

それは友軍の状況はもちろん、米軍の状況も把握するためで、必要なら敵情を航空偵察することも検討されていた。

飛行艇なら物資も運べるが、どうしても目立ってしまい、こちらの意図を気取られる可能性がある。だから零式水上偵察機を飛ばす必要があった。

部隊が上陸すれば無線機も運ばれるので、水偵は回収となる。そこから先は陸軍の上のほうが対応するので、海軍は関係ない。

ただ上陸完了までは海軍の担当なので、海軍の無線機を使う必要がある。そういうことなのだ。

「それで、上陸支援の砲撃は必要なのか」

大山艦長は通信長に確認する。

軽巡洋艦の船体を転用したこの輸送艦、つまり給兵艦は巡洋艦ほどの火力はないが、それでも自衛のために駆逐艦と同じ両用砲の連装砲塔を二基装備している。

だから上陸部隊のために火力支援は可能であった。大山艦長としては、自分の艦の武装について使ってみたいという思いがある。

自衛のための主砲とはいえ、自分たちがこれを使わねばならない状況があるとはあまり思えないからだ。

なぜなら基本的に後方部隊であり、正面から敵艦と遭遇することは、まず考えにくい。敵機との遭遇で対空戦闘を行う可能性もあるが、輸送任務の大半が夜間であり、これも可能性としては高くない。

そうなると無駄とは言わないが、火砲の価値は下がる。使わない火砲なら、なにも使わなければいいではないかとはいかない。

給兵艦もとぶにも艦内編成上は砲術科もあり、しかもそこそこ人数も多い。艦は大きいが、ほぼほぼ船倉であるため、乗員は排水量の割りには少なく、相対的に砲術科の比率は高くなる。

機関科や飛行科、通信科さえ日々の仕事があるのに対して、砲術科は髀肉《ひにく》の嘆《たん》をかこっている。

だから艦内の士気を考えると、ここはなんとか火力支援を行いたい。それが大山艦長の考えだ。

「現時点では、不要ではないかとのことですが、現状ではわからないとのことです」

「現状ではわからぬか」

通信目的の水偵がガダルカナル島に到着して、まだ時間も経っていない。本当のところ火力支援が必要かどうかは、わからないだろう。

だが、主砲の活躍は予想外の局面で起きた。それは前方哨戒に出している水偵からの報告だった。

「敵重爆一機、接近中！」

どうやらガダルカナル島方面を哨戒飛行しているB17爆撃機があったらしい。あれだけの損害を被《こうむ》った以上は、近隣基地から日本軍の動向を把握するのは不可欠だろう。

船体は阿賀野型と同じだが、給兵艦の対空火器は駆逐艦の主砲と同じ一二・七センチ両用砲が連装二基の四門だ。

阿賀野のような超速射砲ではない。しかし、戦う力は十分にある。

「砲戦準備！」

大山艦長は砲術科の将兵に命令を下す。砲術科といっても主砲だけでなく、対空機銃もある。それらに弾薬を補充するような役割もある。

そうした配置に将兵はついている。実戦らしい実戦が始まるのだ。

砲術長の命令で、まず主砲が火を噴いた。両用砲だから射撃盤も対空戦闘を加味している。

B17爆撃機も爆装していたらしく、巡洋艦のような大型艦艇を標的と考えたのだろう。

彼らは正確な照準のために真っ直ぐ飛んで来た。それがため四門の火砲は、一機のB17爆撃機に集中する。

用事のないものは艦内にいるように命じられていたはずだが、一部の陸軍将兵は甲板に上がってきた。

どうも砲兵らしく、物見遊山でもなく、砲術の専門家として艦砲を見ておきたいということらしい。

砲術長から一木支隊に艦内に戻るように命じてもらうべく電話を入れるが、命令が遅いのか、上官が砲兵たちの言い分を「勉強熱心」と認めたのか、将兵は艦内に戻るどころか若干増えている。

もはや戦闘なので、乗員たちも陸軍将兵に構ってはいられない。怪我をしたら自己責任と覚悟してもらうしかない。

とは言え、さすがに砲兵だけあって、一線を越えたりはしなかった。彼らは彼らなりに安全な位置で、艦砲の対空戦闘を観戦する。

陸軍の基準では一二・七センチ砲といえば、師団の砲兵連隊より上の部隊で扱うような火砲だ。

高射砲としても一二・七センチなどというものはなく、それだけに火砲の威力には感じるものがあるらしい。

Ｂ17爆撃機は丈夫な爆撃機ではあったが、それでもこれだけの火力を一身に受けて無事なはずはなかった。

エンジンから火を吹くと、撃墜こそされなかったものの爆弾を捨て、黒煙を曳《ひ》きながら反転して去って行く。

「やったぞ！」

敵機を撃墜したわけではないにせよ、撃退したことで砲術科の士気も高い。観戦している砲兵たちも、逃げて行くB17爆撃機に喜んでいる。

そしてB17爆撃機は、かなり深手を負ったのか、黒煙はなかなか消えなかった。水平線の彼方に爆撃機の姿は消えても、黒煙は残る。その情景は、まるで飛行機が撃墜されたかのように見えなくもなかった。

敵機をともかく撃退した給兵艦もとぶであったが、大山艦長はこのB17爆撃機との遭遇に、見張りを厳重にするように命じるとともに、砲術科の将兵にも敵襲に備えるように伝えた。

あのB17爆撃機は間違いなく自分たちのことを通報した。だから二番手のB17爆撃機が来る可能性は高い。しかもそれはB17爆撃機隊として、編隊を組んでくることさえ考えられる。

そのため大山艦長はコースを若干変更するほか、運用する二機の水偵に対しても、可能な限り前方哨戒を密にするよう手配した。機体の負担は避けられないが、今日一日のこととして目をつむるのだ。

しかし、Ｂ17爆撃機の第二波がやって来る前に夜になった。第二波が来ないのは意外だったが、安心はできない。

というより、大山艦長はむしろこの事態を警戒していた。

敵が自分たちの存在を知っているのは明らかだ。どこに向かっているかも明らかだろう。

多少航路を変更したとして、ソロモン海戦は昨日の今日の出来事だ。ガダルカナル島に向かうことは、子供にでも予測できる。

一木支隊長も、そのことを感じたらしい。彼は異例なことながら、わざわざ大山艦長のもとを訪ねてきた。

「本艦には偵察機もあり、強力な艦砲もある。我々が上陸を仕掛ける前に、敵陣に対して砲撃を仕掛けていただきたい」

手土産に日本酒まで持参され、大山艦長は迷ったものの、突っ返すわけにもいかないのでそれを受け取る。

受け取ったが、受け取った以上は、火力支援の約束は果たさねばならぬ。

早速、水偵経由で設営隊に確認するが、敵情について明確な情報は得られなかった。ただ米軍は積極的な攻撃には出ていないらしい。

小規模な銃撃戦は起きているが、食糧事情が逼迫しているのか、野豚の死骸などが散見されるらしい。

ガダルカナル島の将兵も陸戦隊と設営隊であるから、武装はそれほどでもない。そのため一部の倉庫の物資をめぐって銃撃戦も起きたという。

また、座礁した輸送船で米兵を目撃したものもあり、燃え尽きた貨物船から、缶詰の一つでも回収しようという努力が行われているらしい。兵站《へいたん》状況の厳しさは間違いないようだ。

ただ気になるのは、潜水艦を目撃した将兵がいることと、迫撃砲による攻撃があったことだ。

ある程度の補給は行われているのだろう。それがどの程度の火力の整備を伴っているのか、そこまでは不明という。

「揚陸時はもっとも部隊が脆弱な時です。たとえ相手が迫撃砲程度の火力でも、我々にとっては脅威です」

一木支隊長の言葉に、大山艦長は哨戒艇を上陸支援で可能な限り前進させると同時に、敵が拠点を築いていると思われる領域への徹底した砲撃を約束する。

良くも悪くも米軍は物資を失ったことで、拠点はどうしても小規模になり、それだけ水偵では発見が難しい。

ただそれでも建設中の飛行場周辺に立て籠もっているのは明らかなので、その周辺を砲撃すればいいだろう。

滑走路を傷つけるという意識は、大山にも一木支隊長にもなかった。敵に奪われているのなら、滑走路の保全など意味がないからだ。どのみち未完成なのだから、占領してから完成させればいいだけだ。

そうして給兵艦もとぶは深夜、哨戒艇と共にガダルカナル島に到着した。

2

「何も見えないな」

給兵艦もとぶからは零式水上偵察機が飛び立っていた。

ガダルカナル島の敵情偵察ということなのだが、滑走路こそなんとか識別がついたものの、敵情についてはよくわからない。

どうやらおぼろげに滑走路にはクレーターがあるようだ。彼らには話は通っていないが、おそらくガダルカナル島から陸攻が爆撃を加えているのだろう。

だとすると、米兵たちも上空からわかるような拠点を作りはしないだろう。じっさい灯りも見えない。灯火管制はなされているようだ。

「爆撃してみるか」

水偵は照明弾とは別に、三〇キロ爆弾を一発だけ装備していた。敵を叩いて反応を見るためだ。

どこまで役に立つかはわからないが、やってみる価値はあろう。

ラバウルの陸攻隊は、なぜか滑走路を主として攻撃していた。空母艦載機が陸上基地に移動するようなことを恐れたのだろう。

結果としてジャングル内の設営隊員宿舎のような施設については、ほとんど攻撃されていないようだ。

機長はそこで、ジャングル内のそうした施設に対して爆弾投下を決める。

まず照明弾を投下する。滑走路周辺だけが密林の中に孤島のように浮かび上がる。

そして滑走路の向きから、施設の方向と位置関係が読み取れる。

水偵は宿舎があるはずの場所に爆弾を投下した。直撃しなくても丸木小屋程度のものだから、相応の影響はあるだろう。

その予想は的中したらしい。爆弾が爆発すると、すぐ近くから家屋が炎上する炎が見えた。燃料か何かに引火したらしい。

そこでようやく、米兵たちが動き出す。水偵を見つけて発砲してくる者もいたが、むろん命中などしない。

むしろこれで、敵がどこにいるのかが明らかになってきた。

水偵が敵情を打電すると、五分としないうちに最初の砲弾がその周辺に落下した。照準は正直言って、かなり雑に見えた。

もっとも、雑もなにも夜間であり、設営隊自体がジャングル内に建設した居住施設は、基地の正規の居住施設ではなく、仮の飯場《はんば》のようなものであり、図面にも記載されていない。

さらにテントの仮設住居も多いから、給兵艦としても、密林の中を適当に砲撃するしかないのである。

それでも砲撃は大きな効果があるようだった。地上の動きが騒然とし始め、機銃掃射で水偵を撃墜しようという者さえ現れたからだ。

はっきりはわからないが、地上は大混乱に陥っているらしい。砲撃はやがて大きくずれて、海岸と飛行場の間に移動する。

そちらの様子は不明で、敵兵などいないのかもしれないが、ここで動きがないということは、物資の揚陸も円滑に進むということだろう。

砲撃は収まったが、水偵はそのまま飛び続けるように命令が出た。砲撃と上空の飛行機の存在で敵を牽制するためらしい。

帰還命令が出る頃には、水偵の燃料はほぼなくなりかけていた。

3

一木支隊が上陸し、砲兵連隊の上陸も無事に終了したのは、昭和一七年八月一九日のことであった。

予定よりも若干の遅れがあったのは、機材配備などの関係だった。追加装備などが増えたため、その揚陸に手間取ったことと、哨戒艇にも中発などをより多く載せたことなどで、積み込みと揚陸に時間がかかり、深夜に揚陸という原則が崩れていたのである。

これは一木支隊の上陸成功で彼我の力関係が変わり、敵軍を圧迫していることも関係している。

あえて敵を警戒して、夜間に揚陸する必要はないという認識である。

一方で、増援や追加装備などが増えたのは、敵の威力偵察という当初の観測は間違いで、敵は本格的にガダルカナル島を占領しようとしているとの分析のためだ。

水偵の偵察や、食料を奪うために日本軍陣地に侵入して、捕虜になった米兵などの情報から、敵は師団単位ということが明らかになった。

食料を奪いに敵陣に現れる兵士がいるくらいだから、米軍の補給事情は厳しいらしい。だから一木支隊の兵力でも十分という意見がある一方で、倍以上の兵力差は看過できないという意見もあり、若干の増援が行われることになったのだ。

こうして砲兵も揚陸を完了した時、ガダルカナル島の海岸は夜明けを迎えていた。揚陸の間、水偵三機はフルに活動していた。ツラギ基地に交替で爆弾を投下したのだ。

三機一組ではなく一機ずつだ。理由は整備の負担もあるが、敵を眠らせないためでもある。そうやって消耗させるのだ。

もとより零式水上偵察機は爆撃機ではないので、投下できる爆弾量など知れている。三機まとめても単独で三回でも、敵に与えられる物理的ダメージなど知れている。

反面、一機でも三機でも爆撃は爆撃で、敵機が来るたびに対応せねばならず、ツラギの将兵は数日にわたる、この日本軍機によるゲリラ的夜間空襲で疲弊していた。だから夜明けと同時に給兵艦もとぶの飛行科の将兵は休息していた。疲弊するのは攻撃を受ける側だけじゃない。

水偵の報告では、すでにツラギは水上機基地として活動していたが、偵察機を岸に上げている時の爆撃により、機体も失われたらしい。

それは後続機により確認された。そして、そのことも報告される。

そうしてほどなくラバウルより指令が届く。すでに揚陸を終えていることを鑑《かんが》みて、帰路はツラギを砲撃して戻れという。

艦隊司令部の意図はわからないが、ツラギを奪還するか、あるいはガダルカナル島奪還のための牽制だろう。

もちろん、大山艦長に命令を拒むつもりは微塵もない。砲術科に経験を積ませる貴重な機会であると同時に、後方勤務の自分たちも、最前線と表裏一体であることを乗員全体に意識させるには好都合だ。

ツラギ砲撃には哨戒艇は参加しない。哨戒艇はガダルカナル島の一木支隊を警護するため、しばらく滞在することになっているからだ。

敵潜が活動している兆候があるので、それを鑑み、対潜哨戒にも従事しようというわけだ。

ツラギまで乗員の士気も高く、彼らは島に接近すると、そのまま砲撃を開始した。至近距離ではなく、比較的遠距離からの砲撃だ。

これは訓練の意図と、至近距離だと座礁する可能性があったためだ。ただ昼間の砲戦であるため、それでも特に問題は生じない。

しかし昼戦であることで、彼らは予想外の事態に遭遇した。

「前方より敵駆逐艦！」

ここ数日の爆撃に対して、連合軍もなにがしかの対策を講じようとしていたのだろう。

じっさいは、その駆逐艦はガダルカナル島の米軍将兵への緊急補給物資を輸送するためのもので、それがツラギ攻撃の一報により、針路を変更して現れたのだった。

しかし、そんな事情まで大山艦長にわかるはずがない。ともかく敵は敵だ。

主砲の照準は、すぐさまツラギから駆逐艦に切り替わる。そして、整備が完了した水偵に出撃命令が下った。

すでに総員配置の命令に、水偵の搭乗員たちも仮眠から覚めている。

緊急に爆装し、水偵は発艦準備を整える。その間に、給兵艦もとぶと敵駆逐艦は砲火を交わしていた。

標的としてはもとぶのほうが大きいが、艦舷はもとぶのほうが高いので、射程距離はやや有利だ。

互いに遠距離での砲戦であるため、至近弾は出ても命中弾には至らない。

そして命中弾が出たのは、両者ほぼ同時だった。米駆逐艦もやや古い型のもので、互いに主砲の数は同じであった。

ただ給兵艦もとぶに命中した砲弾は、物資揚陸を終えたばかりの船倉であり、可燃物もないために死傷者もなく、すぐに応急にかかることができた。

対する駆逐艦のほうはそんな空間もなく、命中箇所から出火していた。とは言え、それが致命傷になるほどでもない。

砲弾が命中したことで、双方ともに針路を変更し、砲戦はやり直しとなる。ただ大山艦長は、駆逐艦への突進は控えていた。

速力では駆逐艦のほうが速い。だからいまは、敵との距離を維持することに注意する。

砲戦だけでは終わらず、魚雷戦に持ち込まれることを恐れてだ。もとぶに雷装はない。接近して雷撃されれば厄介だ。

一方、米海軍の駆逐艦も給兵艦もとぶを攻めあぐねていた。これがどういう類の艦艇なのかわからないためだ。

巡洋艦並みに大きく、火力は駆逐艦相当。そのくせ航空機を搭載している。支援艦だから鈍足かと思えば、予想外に速い。

砲戦で命中弾は出ているはずなのに、ほぼ無傷というのも不気味に見えた。

そうしている間に大山艦長は、艦橋の無線電話機により水偵に命令を下す。無線電話機は遠距離までは届かないが、いまのように有視界なら通話可能だ。

艦長の命令を受け、水偵は駆逐艦に対して爆撃を行った。

駆逐艦も水偵の攻撃姿勢に反撃するが、それに主砲を向けると、もとぶへの攻撃が疎かになる。射撃盤を水偵に向ければ、もとぶに照準はできない。

駆逐艦の艦長は実戦経験に乏しいため、水偵に対しては個別の砲塔に照準を委ね、射撃盤はもとぶに向けた。

そして四基ある主砲を、二基は水偵、二基はもとぶと分散した。これはまずい采配だった。

単純に火力の分散に過ぎないのと、高速の航空機に射撃盤による照準なしで命中するはずもない。

二基の砲塔は水偵に砲弾を送るが、まったく命中しない。さらにもとぶへ放った砲弾も、遠距離で照準が甘いから、やはり命中しない。

逆に水偵の側は、駆逐艦が火力を分散したことを見切っていた。対空機銃もそれほどのことはなく、緩降下爆撃を行った。

十分な照準をつけたつもりだったが、駆逐艦はもとぶへの砲撃を一度諦め、水偵からの爆撃を回避しようと運動した。

水偵は大山艦長からの指示にしたがい、爆撃を加えていた。位置も角度もかなりの正確さを要求された。

命令通りに爆撃を加えたが、残念ながら駆逐艦にはわずかにそれて命中しなかった。爆弾の水柱が駆逐艦の甲板を濡らしただけだ。

駆逐艦はぎりぎりまで待って、敵機が爆撃するタイミングを見計らって転舵した。本能的に攻撃を仕掛けてくるであろう反対側に。

爆撃は見事に回避できたが、駆逐艦はもとぶと離れる方向に回避したので、すぐに戦列に戻ろうとした。敵機にはもう爆弾はない。

だが、そうはならなかった。駆逐艦に激しい衝撃が起こる。

「座礁です！」

駆逐艦は気がつけば、給兵艦もとぶとの砲戦のため、島嶼側に追いやられていた。

つまり、座礁の危険が高い方向だ。

しかも時間的に干潮に近かった。沖合の深度を確保できるもとぶに対して、駆逐艦は喫水が浅いため、危険な水域に入ってもわからなかった。

そこに水偵の爆撃というひと押しで、彼らは一線を越えてしまった。そして、そのことに気がつかないまま座礁してしまう。

水偵はそこで機銃掃射をかけてきた。それで駆逐艦は沈まないが、射撃照準はかなり困難になる。

そのなかで、もとぶからの砲弾が降り注ぐ。移動するもとぶからは静止目標となった駆逐艦。砲戦の結果は明らかだった。

数分としないうちに、駆逐艦は座礁したまま大破炎上する。給兵艦もとぶは、それからラバウルへと帰還した。

給兵艦もとぶが敵駆逐艦を撃破した頃、一木支隊は海岸の物資を移動することに忙殺されていた。

すでに設営隊などが、宿営地については不完全ながらも場所の設定を行っていたため、歩兵部隊が総出で物資の移動を行っていた。

この時に運んでいたのは砲兵の物資であり、一門だけだが一五センチ榴弾砲やその牽引車も含まれていた。一木支隊にとっては最大の火力である。

ただこの一木支隊の上陸については、いささかアンバランスな面があった。つまりジャングルだから不用だろうと、トラックも軍馬も運ばれず、唯一の車両が一五センチ榴弾砲用の牽引車と弾薬車（役割が違うだけで、どちらも同じ車両だが）だけだったことだ。

設営隊がジャングルを啓開《けいかい》しただけの道路でも、装軌車両としてそれらは前進できた。

本来なら、これらを重量物の移動に使いたいところだが、まさにその重量物の最

4

大のものが一五センチ榴弾砲であり、それ以外の機材は人力輸送となる。

海岸の物資の移動を優先させることもできたが、牽引車の管理は砲兵段列だったこともあり、そのあたりの連絡はうまくつながっていなかった。

悪気の有無というような話ではなく、時間は限られており、誰もがまず自分の仕事を優先したためだ。

エスプリットサント島を発進したＢ17爆撃機一〇機がガダルカナル島に到達したのは、そんな時だった。

ガダルカナル島を砲撃している日本軍部隊の攻撃のために出撃したが、当事者もわかっていたように距離を考えるなら間に合うはずがなかった。

だが、彼らは揚陸した物資を運ぶ日本兵の姿を認めた。上空からは、火砲の牽引車は戦車のように見えた。

少なくとも装軌車両であり、最優先で破壊すべき存在なのは明らかだった。Ｂ17爆撃機隊は、その移動する装軌車両二両に対して、徹底した爆撃を行った。

一五センチ榴弾砲とその弾薬が吹き飛んだばかりか、弾薬の誘爆で移動前の物資が根こそぎ吹き飛んでしまった。

海岸線付近には誘爆でできたクレーターに海水が流れ込み、小さな入り江ができあがった。

5

給兵艦もとぶは、当初はラバウルに帰港した後、トラック島に向かうことになっていた。連合艦隊旗艦大和がいるトラック島は、いまは連合艦隊司令部でもあった。そして給兵艦もとぶは、連合艦隊直率の支援艦艇という位置づけである。緊急に物資や兵員を輸送できる大型武装高速輸送船は、各方面で引く手あまただった。

ただ予定通りにトラック島とはいかなかった。砲戦損傷を修理する必要があったからだ。

損傷と言っても、日本に戻らねばならないようなものではなく、ラバウルの工作艦で対応可能だった。

だからラバウルでの修理の後、トラック島に戻る。大山大佐は、当初はそういうふうに聞いていた。

しかし、修理が完了しても移動命令は出ず、別命あるまで待機という命令が下る。大山艦長はその命令に対して、別命なるものがどんなものか、予想がつくような気がした。ラバウルから移動しないなら、やはりガダルカナル島に関する任務だろう。

ガダルカナル島では、本格的な攻勢準備が進められているという。それはわかる。そのための部隊輸送や物資輸送を行ってきたのは自分たちなのだ。

しかし、一木支隊の砲兵も輸送したのに、どうもガダルカナル島の情報が入ってこない。

なるほど陸軍部隊の作戦であるから、右から左と情報は入ってこないだろう。給兵艦もとぶにしても連合艦隊司令部の隷下にあり、第八艦隊ではない。

しかし、同じラバウルにいるのだから、動きがあれば、もう少し情報が入ってくるはずだ。入ってこないのは動きがないからとも思えるが、だとすれば、何をしているのかという気になる。

「どうも、総攻撃は延期になったようです」

その情報をもたらしてきたのは、副長の久保中佐だった。

「延期？　どうしてだ？　一木支隊は全部移動しただろう。米軍だって攻撃したではないか」

「それがどうもはっきりしないのですが、敵重爆の猛攻を受け、砲兵にかなりの損害が出たとか」

「重爆の猛攻か……」

大山艦長が思うのは、過日のB17爆撃機との交戦だった。

あの時は自分たちが勝ったようなものだった。しかし、敵機は偵察のための一機だけ。その偵察機を自分たちは簡単には撃退できなかった。

十分な準備のない一木支隊では、B17爆撃機隊の攻撃を受けたなら、大打撃を被っても不思議はない。

ただ久保中佐の話も噂の域を出ず、詳細はわからない。あくまでも自分たちが待機している理由がわかるだけだ。

その理由が明らかになったのは、その日の夕方のことである。

訓練のため洋上に出ていた給兵艦もとぶの上空を、見慣れない水上機が八機通過していった。零式水上偵察機に似ている気もするが、それよりもひと回りは小さいだろうか。

「港に向かって行きますね」

航海長が不審そうな目を向ける。ラバウルには航空施設がいくつかあるが、その水上機は水上機基地ではなく、港を目指しているように見える。

とは言え、飛行機なので港方向に飛んだから、港に着水するとは限らない。ランドマークにしている可能性もある。

だが訓練を終えて戻ってみると、八機の水上機は港近くの海岸に引き上げられていた。水上機基地ではなく、たとえるなら、「物が置かれている」ような感じである。

そして大山艦長には、やっと別命が待っていた。

「つまり、手持ちの水偵三機は自力でガダルカナル島に移動させ、もとぶはあの八機を運ぶということですか？」

久保副長が艦橋に集められた幹部らを代表して、大山艦長からの説明を確認する。

「そういうことだ。水偵三機はもとぶの編成から外れて、水上機隊の分遣隊としてガダルカナル島で活動する。ただし、最終的にはツラギ奪還後に再編される水上機隊と合流することになる。

それとあの八機、水上戦闘機は給兵艦もとぶの編成に入り、我々はそれらの支援を担当する。当面は先の三機もだがな」

「つまり我々は給兵艦というより、水上機母艦として活動すると？」

「そういうことだ」

大山艦長が受けた説明はこうだった。

一木支隊は総攻撃の準備を進めているが、エスプリットサント島からのB17爆撃機による攻撃で準備に遅れが出ている。

飛行場を奪還すれば、そこから迎撃機を出すことも可能だが、いまだその奪還ができていない。

だから、一木支隊がガダルカナル島を奪還するまで、制空権を確保するために水上偵察機隊を展開する。そういう理屈だ。

水上戦闘機は専用の機体というより、零戦に双フロートをつけただけという、大山からすれば、やっつけ仕事にしか見えないものだったが、性能は高いらしい。

幸いガダルカナル島を攻撃してくる敵部隊はB17爆撃機隊だけで、航続距離の関係か戦闘機は伴っていない。

だから双フロートで運動性能や速度が低下していても、水上戦闘機で敵重爆を攻撃するのは問題ないとのことらしい。

ただ、それなら給兵艦としての任務はないかと言えば、そうでもない。往復でラバウルまで二日なので、水上戦闘機を降ろして母艦だけ補給任務に従事する。二日くらいなら、飛行科を島に上陸させても大丈夫だろうということだ。

なんとも運用に疑問が残る話だが、ガダルカナル島の滑走路はおおむね完成している。だから奪還すれば、すぐに基地航空隊が進出できる。

それまでのつなぎとして、水上戦闘機のための水上機母艦として滞在するということなのだ。

もっとも、連合艦隊司令部の説明はこれで終わりなのだが、ラバウルの工作艦の造船官らはけっこうとんでもない会話を交わしていた。

つまり給兵艦もとぶは、もともと兵装らしい兵装のない軍艦だから、短時間で空母に改造できる。さすがに輸送船舶が足りない状況なので、給兵艦もとぶを改造しようという人間はいない。

だが戦闘で大破したら、給兵艦には戻さず空母に改造するというのである。

これらは現場の造船官らの勝手な意見であったが、給兵艦もとぶがＢ17爆撃機隊の攻撃を引き受ければ、地上部隊は無事で、空母改造の素材が手に入る。

そんな計算が背後にあるような嫌な予感も、大山艦長はするのである。そうした事態を避ける唯一の方法、それは水上戦闘機母艦として結果を出すことだ。

そして海岸に置かれていた水上戦闘機は、もとぶのクレーンで艦内に収納された。固有の搭乗員と機付き整備員も伴い、彼らはもとぶの乗員に編組される。

「これが水上戦闘機か」

大山艦長は、必ずしも航空機に詳しいわけではなかったが、それが通常の零戦とも違うことはすぐにわかった。

零戦は翼端が丸いのに、この水上戦闘機は四角い。零戦に双フロートをつけただけという割りには、ベースとなる機体からして違うようだ。

「新型の零戦三二型を改良したそうです」

書類を見ながら副長の久保が言う。久保も航空畑の人間ではないので、新型機と言われれば「そうですか」と受けるタイプの人間だ。

「局地戦闘機として活用するので火力を増強した分、航続力は最適化されています」

水上戦闘機を見ても反応が薄い大山らに苛立ったのか、機付き整備班の班長が声をあげる。

「航続力が最適化されているというのは、燃料搭載量が少ないということか」

大山艦長のその質問に、班長は答えに詰まる。素人がそんな正確な返しをするとは、思ってもみなかったのだろう。

「そういう見方もありますが……まぁ、簡単に言えば……そういうことです。その分だけ、重量と容積に余裕ができましたので、火力の強化が可能となりました」

班長によると、八機のうち四機は二〇ミリ機銃が翼内に四丁、残り四機は三〇ミリ機銃二丁に七・七ミリ機銃が二丁だという。

「なぜ武装が違う？　揃えたほうが整備も楽だろう」

「そうではありますが、将来につなげるためのアレでありまして……」

班長は、大山艦長は航空機には素人だが、馬鹿ではないということをはっきり認識した。こういう人には小細工は通用しない。

そう腹をくくって、班長は自分が聞いた範囲の知っていることを大山艦長に説明する。伝聞推量を口にしないのは、そんな曖昧な情報を口にすれば、どんな突っ込みが入るかわからないからだ。

「自分が聞いた範囲の話ですが、基地防衛用の局地戦闘機の開発が遅れているため、零戦三二型を局地戦に改良するという案があるようです。

三二型は発動機の出力も大きく、それで燃料を減らして重量軽減と機内容積の余裕を作り、火力の増強で局地戦とする構想との説明を受けました」

「この水上戦闘機は、零戦ではなく零戦を局地戦闘機に改良した機体を水上機化したわけか？」

「そうなります。水上戦闘機の用途そのものが局地戦闘機ですから」

「なるほど。だが、零戦の武装は二〇ミリと聞いている。三〇ミリ機銃搭載の四機はなんなのだ?」

「これは制式兵器ではなく試製です。二〇ミリ機銃を拡大した機銃とか。海軍の計画ではなく、民間企業からの提案と聞いています。これの性能が満足すべきものなら採用されるわけですが……」

「ガダルカナル島で実験して、採用の是非を判断しようというわけか」

「そこまでは自分もわかりかねますが、機銃に関する所見は上に提出するように命じられています」

「なるほどな」

大山艦長も赤レンガで仕事をした経験はある。その経験に照らせば、なるほど海軍らしいと思う。

一つの作戦や機材にいくつもの目的や用途を盛り込む。

給兵艦を水上機母艦とし、水上戦闘機を運用して、ガダルカナル島の制空権を確保しつつ、水上戦闘機の試験を行い、成功したあかつきには、ガダルカナル島は確保され、給兵艦は輸送業務に戻り、遅れていた局地戦闘機開発にも目処が立ち、新型三〇ミリ機銃も実用化される。

なるほど、このストーリーは美しい。海軍官衙のエリートが憧れる美しさがある。しかし、ガラスの工芸品のように美しいストーリーには、ガラスならではの脆さがある。

水上戦闘機が失敗作であったなら、ガダルカナル島は失われ、給兵艦もとぶは沈み、補給能力は減少し、局地戦闘機の開発は大幅に遅れ、新型三〇ミリ機銃の採用は見送られる。

水上戦闘機が失敗作だった時、なし崩し的にすべての要素が悪い目に出るのだ。しかもそれらは相互に関係しているので、悪い目が出たら途中で止めようがない。

「正直、小職は航空畑には素人なのだが、どうだね、班長から見て、この水上戦闘機は使える兵器か？」

それはかなり答えにくい質問であったはずだが、班長は大山艦長を信用してか、その質問に返答した。

「実戦経験らしい実戦経験のない機体です。どこまで戦えるのかは、自分にもわかりません。

ただ、零戦は多くの戦果をあげています。それが火力を強化しているのですから、かなりの働きができるはずです。懸念があるとすれば……」

「懸念があるとすれば？」

「信頼性です。新機軸が多い機体ゆえに、兵器として期待した働きをするかどうか、すべてがそこにかかっています」

「それは、どうすればいいのか？」

素人ゆえの大山艦長の質問に、整備班長は背筋を伸ばして返答する。

「自分らが本分を尽くすまでです！」

整備班長の言葉は頼もしいものであったが、同時に大山艦長にも感じるものがあった。

結局のところ、整備班長がいくら頑張っても、できることには限界がある。兵站や需品管理については、飛行科の整備班長よりも上の人間が采配をふるう必要があるからだ。

そしてそれは誰かと言えば、自分しかいない。なので大山艦長は主計長などと協力して、可能な限りの物資をラバウルで手配した。

三〇ミリ機銃に関しては、それ自体が試作品であり、整備班長が管理している部品が予備部品のすべてであった。

そこで、万が一の時には二〇ミリ機銃に換装できるように、その分の機材を手配する。また、角材やベニア板の類も必要量を確保することも怠らない。

これは給兵艦もとぶが、ラバウルとガダルカナル島の物資輸送に従事する時、島に残した水上戦闘機を維持管理する整備兵らのためのものだ。

整備場や宿舎などがなければ、それが一日であっても水上戦闘機の稼働率に影響する。敵兵はまだ存在するわけで、彼らが給兵艦もとぶの姿がないのを幸いに、重爆で攻撃を仕掛けてくるようなことは十分あり得る。

したがって、地上に残した飛行科の人間でも水上戦闘機を完璧な形で運用できる必要がある。

ガダルカナル島の一木支隊にも話を通すべきかもしれないが、というよりも通すべきなのだが、それも結局、大山艦長の仕事となろう。

じっさい大山は、連合艦隊司令部から第八艦隊司令部、さらには陸軍第一七軍なども折衝し、書類を作成することとなった。

考えてみれば、自分としては飛行科の機能を一部、ガダルカナル島に移すという程度だったが、陸軍が作戦中の島に海軍が基地を作るような話であり、話を通すとなると陸海軍の職掌《しきしょう》などという厄介な問題も出てきて、どうしても大事《おおごと》になるのであった。

しかし、大事になった甲斐がないわけではなかった。水上戦闘機の整備場程度のものが、陸軍も協力して兵器の工作場のような話に発展したのだ。

発電器や旋盤も備え、兵器の修理もある程度こなせる施設。それは、補給が問題となるガダルカナル島の戦場では大きな意味を持った。

工作場の設置と当面の運用は、ガダルカナル島に残る設営隊が行い、給兵艦もとぶの整備班はそこを借りる形となり、陸軍からも人が出るという。

「やってみるものだな」

大山艦長は、自分の提案がここまで大きな結果を生むとは思わなかった。そして同時に、そのことを教えてくれた整備班長に感謝した。

第５章　攻勢的防御

１

昭和一七年八月二〇日。

森山少将の第一〇戦隊旗艦で、唯一の電探保有軍艦である軽巡洋艦阿賀野は、電探の扱いについて中央での試行錯誤とは別に、独自の運用を模索していた。

すでに実用性は確認されたので、飛行機で日本から運んできた、より実戦的な装置を持ち込み、機械としてはより信頼性の高いものに仕上がっていた。

当初、それは無線室の一角に置かれ、通信科の担当とされたが、すぐに航海兵器として航海科の担当となる。

しかし、作戦地であるニューギニア近海に進出してからは、砲術科の担当となっていた。そのほうが何かと都合がいいからだ。

「二時方向に敵重爆隊、接近中。距離七万！」

阿賀野の電波探信儀が敵編隊を察知すると、それは第一〇戦隊の巡洋艦や編組された駆逐艦だけでなく、ニューギニアの陸軍部隊にも通信電波が飛んだ。

通信電波が飛んだというのは、いかにも消極的な表現だが、それには事情がある。同じニューギニア島の陸と海にいる二つの部隊、直線なら一〇〇キロもない。しかし、その二つの部隊に通信を送ろうとすると、一〇〇キロ離れたラバウルに送り、いくつかの部局を行き来して、再びラバウルから一〇〇〇キロ移動してニューギニアに届くというような煩雑な手間が必要だった。

手間が煩雑ということは、途中で何か齟齬《そご》があれば、すぐに通信は二時間、三時間と遅れてしまう。航空戦でこの遅れは致命的だ。

しかしながら、軍隊において指揮通信系統を守ることの重要性は言を待たない。そこがいい加減では、命令は命令としての効力を持たない。

この矛盾を解決するのが「通信電波が飛ぶ」である。海軍が海軍に対して電波を発信するのは、指揮通信系統面で問題ない。

一方、陸軍部隊が「海軍の通信を偶然察知して」その「情報」に基づいて、「自分たちの判断」で行動することになんら問題はない。

第一〇戦隊は、ニューギニア島のブナなどに進出している陸軍航空隊に、陸軍にもわかるような通信電波を発するだけだ。そこから先は陸軍の判断だが、ともかくニューギニア唯一の電波探信儀の情報は迅速に共有できる。

むろんこれだって方便で、うまく機能するという保証はない。送った通信を相手が正確に傍受したことは原理的に確認できない。

しかし、煩雑な手続きを踏んでいたら、陸軍部隊には情報が届かない。対してこの方法なら、高い確率で迅速に敵情報が手に入る。どちらがいいかは子供でもわかる。

これはもちろん、第一〇戦隊にも大きな利点があった。陸軍航空隊は敵戦闘機と交戦する。護衛の戦闘機と陸軍航空隊が矛《ほこ》を交わしているならば、敵重爆部隊は丸裸で前進することになる。

その丸裸の重爆隊に、阿賀野型軽巡洋艦四隻の超速射砲弾をお見舞いするのだ。

「陸軍航空隊、動き出しました！」

相互直接通信が難しいため、陸軍部隊が通信を傍受したかどうかの確認は基本的にできない。

しかし、阿賀野の電探は陸軍航空隊の動きをある程度は察知できるため、それにより通信が届いたかどうかを確認することができた。

とは言え、阿賀野の電探はＡスコープであり、全周を把握することは難しい。陸軍航空隊の戦闘機が出撃したのはわかったが、敵重爆と敵戦闘機隊・友軍戦闘機隊の位置関係がわからない。

むろん偵察機を飛ばしてはいるが、戦闘に巻き込まれたのか応答がない。

「砲撃をかけるよりないな」

森山司令官は決心する。敵重爆隊の目標が自分たちである以上、発砲を躊躇うわけにはいかないと。

砲撃開始の命令は、偵察機向けと陸軍向けに流したが、それがどうなるかまでは森山司令官にもわからない。

六門かける四隻、二四門の一五センチ超速射砲が、重爆のいる方向に向けられる。電探は戦闘機の乱戦も捉えているため、重爆隊の正確な距離はある程度把握できたが、戦域がどう拡大しているかまではわからなかった。

密集しているであろうが、水偵の報告は依然として届かない。だから砲撃には、どうしても曖昧さが残る。

それでも砲撃はなされた。黒い雲が広がり、昼間というのに空は暗い。その雲を背景として重爆隊はとけ込んでいた。

そして雲を背景に、次々と光点が広がる。それが超速射砲弾だ。

砲弾の炸裂する光に、Ｂ17爆撃機の機影がシルエットで浮かぶ。それによるとＢ17爆撃機隊は、命中精度を考えて密集しているらしい。

だから第一〇戦隊の砲撃は、思った以上に効果をあげていた。

損傷して、エンジンから火を吹いているＢ17爆撃機があった。なんとか姿勢と高度を保とうとしていたが、やはりエンジンの損傷は大きい。

そこで苦渋の決断として、爆弾を捨てて身軽になろうとした。そこまでは正常な判断であったが、周辺の確認が疎かになっていた。

廃棄された爆弾の下には、別のＢ17爆撃機が飛行していた。その主翼の真上から爆弾が投下された。

爆弾は信管の安全装置のために起爆しなかったものの、五〇〇キロ近い鉄の塊が次々と主翼を貫通したことで片翼がもがれ、そのまま墜落に至る。

僚機を「撃墜」した重爆は、そのことに気がつかないまま、ポートモレスビーへと帰還した。

さすがにこれは極端な事例ではあったが、ここまでにならなくても損傷を受けた重爆は少なくなかった。

それでもB17爆撃機は頑強な機体であり、半数以上は第一〇戦隊へと接近する。主砲を使うには近すぎるので、今度は両用砲の一二・七センチ砲が対空戦闘を行った。

そうした弾幕の中を通過するB17爆撃機隊は、ノルデン照準器の構造から照準のために直進し、対空火器にはもっとも弱い状態をさらしていた。

じっさいB17爆撃機隊の周囲には、多数の砲弾が炸裂していた。機体が揺れ、破片が飛び込んでくる状況に、多くの爆撃手がこの場から逃れたいという本能から爆弾を早く投下してしまった。

結果として、爆弾の多くが巡洋艦群に命中しないままに終わる。

胆力のある爆撃手のB17爆撃機は、ぎりぎりまで粘って爆弾を投下するも、両用砲や機銃弾により撃墜されるものや、巡洋艦の回避行動により対艦爆撃に失敗するものが続出した。

ノルデン照準器は高性能な装置で、照準器というより照準のために機体を制御する装置であった。

それでも静止する地上目標を狙うならともかく、洋上を移動する物体を狙うには精度が足りない。なにより爆撃機から、第一〇戦隊の巡洋艦の速度と針路を正確に読み取ることが難しい。

しかし、そうした艦艇の正確な諸元が入力されないと、照準器は計算機でもあるから適切な照準点は求められないのだ。

しかも、水平爆撃任務の命中率は投入する機数に比例するから、数が減った時点で成功率も低下するわけだ。

こうしてポートモレスビーからの攻撃隊は撃退された。阿賀野の艦橋からは、遠くの空で曳光弾か機体が炎上しているのか光の点が見え、黒煙を曳航するいくつもの機体が見えた。

陸軍航空隊が善戦しているのか、思わぬ深手を負っているのか、そこまではわからない。そうした情報までは、森山司令官のところにはさすがに届かない。

ただ電探によれば、すべての航空機が周辺域からいなくなったという。戦闘は終わったということだ。

「結局のところ、ニューギニアの戦線は維持できるのかな」

「まぁ、戦線の維持は可能ではないでしょうか」

麻田先任参謀があっさりと言う。

「なぜだ、先任？」

「通信参謀によると、陸軍航空隊の無線通信が終始傍受できたそうです。けっして楽な戦いをしているわけではないようですが、終始通信が傍受できるというのは、戦闘機隊は撃墜されていない。つまり、生き残っているということです」

「勝っているということか？」

「そこまでは基地に行かねばわかりませんが、負けていないとは言えるでしょう」

「負けていない……か」

麻田先任参謀の意図はどうあれ、森山司令官にはその言葉は刺さった。自分たちの戦い方を言われているような気がしたからだ。

戦局に即応できるというコンセプトで建造された阿賀野型軽巡であるが、確かに自分たちは防空戦闘の専門部隊として活躍している。

なるほどそれは、昭和一二年の牡丹会のなかでは加瀬造船官さえ、そうしたことは想定していなかった。

その想定していなかった任務に専任できているというのは、加瀬の考えの正しさの証明と言えよう。加瀬さえもが想定していなかったという点こそ、まさに重要な点なのだ。

ただ攻撃作戦一辺倒だった日本海軍の中で、防空戦闘という「守りの部隊」が必要とされ、活躍する現実に、森山司令官は戦術レベルではなく、この戦争そのものが、日露戦争などとは質の違うものではないかという気がするのだ。

勝つための戦いより、負けないための戦い。それこそが、自分たちが真に考えるべき戦いではないのか？

そうした考えは通信参謀の報告で中断される。

「艦隊司令部より緊急電です」

それは異色の命令だった。

「水偵は発艦できるな？」

「できますが、何か？」

「南海支隊への支援だ」

2

軽巡阿賀野の水偵は、ニューギニア上空を飛行していた。南海支隊↓陸軍第一七軍↓第八艦隊↓連合艦隊↓第一〇戦隊という煩雑な経路を通っての陸軍に対する支援命令だ。

命令は単純だった。

海岸線より一五キロの山地にオーストラリア軍の砲兵陣地があり、部隊の進攻を妨げている。それを第一〇戦隊の砲火力で粉砕しろという命令だ。

陸軍の爆撃機で始末すればよさそうな気はするが、陸軍航空隊には陸軍航空隊の事情があるのだろう。

麻田参謀が言うように楽な戦いをしていないなら、稼働率とか補給とか、色々な諸事情があるのかもしれない。

森山司令官は命令を快諾していた。拒否する理由はなく、むしろ彼としては、部隊に色々な経験を積ませたいと考えていたからだ。

水偵の乗員たちにも、こうした経験は初めてだった。

最初は陸上の観測は楽だと思っていた。なにしろ陸なのだからランドマークはある。しかし、そんな考えはニューギニアのジャングル上空を飛行するまでだった。

一面の樹木である。どこがどこだかわからない。山脈が見えるのが唯一の救いだ。

「二時方向より黒点一、航空機と思われる！」

無線員の報告に機内は緊張した。

敵の重要拠点なら、戦闘機の一つが出てきてもおかしくはない。しかし、水偵は水偵であって戦闘機ではないのだ。

「航空機は友軍機、陸軍航空隊です！」

その報告で機内の空気は一瞬で変わった。

友軍戦闘機がいるのは、ここが危険であるからだろうが、それでも戦闘機がいてくれれば鬼に金棒だ。

ほどなく目標らしい山地が見えた。

岩山で、連日の戦闘が行われたのだろう。山の周囲には焼けた樹木が散見されるだけで、ほとんど地肌が露わになっていた。

果たして、ここに敵陣があるのかどうかはわからない。敵も馬鹿ではないから、巧みに隠蔽するだろうし、洞窟陣地のようなものを築くかもしれない。

すると、戦闘機が急降下して山地に向かった。対空火器の反応を誘発するかとも思ったが、対空火器は沈黙している。あるいはそんなものはないのか。

戦闘機はそこから発煙筒を投下した。どうやら発煙筒の落下地点が攻撃目標らしい。やはり洞窟陣地なのか？

水偵は位置を計測し、第一〇戦隊に通知する。ほどなく山頂付近の岩山は、恐ろしい密度での砲弾の雨にさらされた。

砲弾は六門撃てば、どうしても一定の範囲内にばらつくが、超速射砲は砲身長も長く、砲弾重量と形状もよく設計されているため、散布界は同種の砲ではかなり小さくなっていた。

そして、砲撃は矢継ぎ早に行われる。

一五センチの徹甲弾の威力は戦艦に比べれば小さいものの、それが次々と機関銃並みに直撃すると話は違う。

山頂の岩盤は衝撃波の連続で崩れて粉砕される。爆炎と砂煙で何が起きているのか、水偵からもわからない。

ただ砲撃による影響以上に、山頂では爆発が起きていた。いくつかは砲弾が命中していない箇所で、爆風が吹き上げていた。

どうやら地下陣地に砲弾が貫通し、内部で誘爆が起きたらしい。爆風は岩盤に阻まれて逃げ道を失い、地下道を破壊しながら、数少ない開口部から抜けたのだろう。

山頂そのものが観測所や砲座となり、一つの要塞となっていたものは、機関銃のような砲撃に内部の誘爆を起こして粉砕された。

水偵が慌てて、砲陣地が誘爆を起こしたことを伝えると、十数秒後には砲撃は止んだ。

水偵の無線により砲撃中止が命じられた時にも、弾道上には複数の砲弾が存在しており、それらが弾着するまで砲撃は終わらないのだ。

阿賀野型の一五センチ砲の発射速度が、通常の火砲よりも速いために起こる現象であった。

最後の砲弾が炸裂し、一切の砲撃が止んだ時、山頂は明らかに形状を変えて低くなっていた。

そして、その変形した山頂に駆け上る一群の兵士がいた。日本陸軍の兵士だった。

今度は彼らが、この山頂に観測所や砲陣地を展開するのだろう。

水偵の航法員はこの様子をカメラで撮影し、帰還する。

それは地上砲撃の技量向上のための参考資料であったが、後に日本陸海軍の精強さをアピールするためのプロパガンダ写真として知られることになる。

3

砲撃任務が完了した第一〇戦隊は、砲弾の消耗分を補充すべく輸送艦と合流した。

本来は給兵艦もとぶがその任にあたっていたが、戦局の推移から阿賀野型巡洋艦の補給用よりも、高速武装輸送艦としての任務が中心となっていた。

それだけが理由ではないが、ラバウル方面には四隻の輸送艦が配備されていた。これらは阿賀野型軽巡と同じコンセプトの駆逐艦の派生型だ。

開戦後に明らかになったのは、予想以上に駆逐艦が必要になるという現実だった。

それまで日本海軍では、駆逐艦は水雷戦力の柱として構想され、建造されてきた。だが現実は、艦隊決戦のような水雷戦術を展開することは希だった。

第一次ソロモン海戦のような戦闘でさえ、最新鋭駆逐艦は活躍していない。逆に、島嶼帯への輸送任務や船団護衛などの任務が増えていた。

そこで阿賀野型軽巡洋艦と同様に、一五〇〇トンから二〇〇〇トンクラスの量産性に優れ、両用砲装備の汎用性の高い駆逐艦が量産されることとなった。

そしてこの余裕のある船体は、中規模艦艇の基準型となるのだが、その派生型第一号がすずらん型高速輸送艦であった。

駆逐艦の一番砲塔だけ残し、ほかは船倉とクレーンという構造で、必要なら大発も搭載して展開できる構造になっていた。

構造が簡単であるため、タイシップであるはずの松型駆逐艦よりも輸送艦のほうが先に就役していた。

すずらん、くちなし、あやめ、かたばみの四隻が初期ロットの四隻だが、松型の派生ということで草花の名前がついていた。

イギリスにはフラワー級コルベットがあるが、日本のフラワー級は高速輸送艦ということになる。

四隻は、別にそれを意識して建造されたわけではないが、一隻一隻がそれぞれの阿賀野型軽巡一隻に対応し、それぞれが必要とする物資補給にあたっていた。

経理主計としては、こうした補給のチーム分けは需品管理面で見通しが立ちやすく楽だった。このあたりは、造船官も想像していなかった予想外の効果である。

補給の終了後、森山司令官は連合艦隊司令部より新たな命令を受ける。

「第八艦隊に編組されて、ガダルカナル島の攻略に協力するわけですか」

その命令は麻田先任参謀にも、やや意外なものであったらしい。なるほど第一次ソロモン海戦では活躍したが、それは行動を共にしただけであり、第八艦隊に編入されたわけではない。

第八艦隊が自分らを必要としているなら、もっと早く手を打つだろうし、四隻すべてではない――ただし対空火力としては、分散は効果半減となる――としても、二隻だけ編組するなり方法はあったはず。

しかし、第一〇戦隊はニューギニア方面の作戦を遂行し続けており、いまになって編入というのは、先任参謀にも唐突な印象を与えたのだろう。

「すずらん型輸送艦四隻も編組されるそうだ」

「すずらん型もですか。それは派手に撃ってこいってことですか」

「でもないらしい。すずらん型の護衛が我々の任務のようだ」

すずらん型輸送艦は戦闘艦とは異なり、単独で運用することを前提としていたので、四隻まとめて一個戦隊とするような運用は考えられていなかった。

だから第一〇戦隊への補給にしても、個々の輸送艦は、それぞれに輸送艦長が需品部より命令を受け、全体を統括する指揮官はいなかった。

それは現在も同様で、輸送隊指揮官は置かれていない。じっさい第一〇戦隊と邂逅《かいこう》するまで、四隻はバラバラに活動していたほどだ。

「もとぶはどうなったんですか」

「もとぶについてはなにも触れていないが、運用が違うのだろう。輸送艦は喫水が浅いし、大発も直接発艦できるから、島嶼戦に向いているということじゃないか」

「まぁ、陸軍将兵を乗せての輸送作戦では、思うようには戦えませんな」

輸送艦は、後甲板に大発を前後二隻左右二列の計四隻を積載できた。これだけで揚陸速度は大幅に短縮できた。

二便以降は輸送艦から大発に物資を移し替える必要があるが、そのためのクレーンもあれば、このクレーンで大発をもう一度、艦尾の発艦用スロープに載せることもできた。

給兵艦もとぶでは、海岸への接近には限界がある。

島嶼戦の補給や上陸作戦用の高速艦艇としては理想的な形状だ。だが冷静になってみれば、海軍にはこの四隻しかない。

ニューギニア方面の戦闘も島嶼戦であり、米豪遮断作戦の今後を考えれば、すずらん型輸送艦の重要性は高まっても下がることはない。第一〇戦隊が護衛にあたる価値は十分にある。

森山司令官は、そう考えた。

そして、牡丹会のかつての議論を思い起こしていた。戦局の推移で必要な機材も変わる……。

4

「第一〇戦隊の任務は二つある。一つは、昼間の敵艦艇の撃破。もう一つは、敵重爆からの一木支隊の防衛である」

ラバウルでの作戦会議の内容は、森山司令官が最初に聞いていた高速輸送艇の護衛という話とは大きく違っていた。

どうも輸送船の安全確保という部分で、司令部が内容を詰めるなかで、排除すべき脅威の内容が変わったのだろう。

あるいは、一木支隊側の要求を織り込んだためか。

ただ当初の話とは違っていたものの、個別の命令については納得できた。どうやら米軍も日本軍も、互いに総攻撃ができる状況ではないらしい。

一木支隊は重砲などをB17爆撃機隊により破壊された。対する米軍は深刻な物資不足で、細々とした補給で糊口《ここう》をしのぐのが精一杯の状態。

一木支隊としては、鎧袖一触で敵を粉砕するには敵の補給を遮断しつつ、さらなる補給と敵航空戦力の粉砕が必要。それができるのは第一〇戦隊とのことらしい。

「空母は出ないんですか」

「一〇戦隊があれば、空母は不要というのがＧＦの見解だ」

三川司令長官の話は、森山司令官には意外なものだった。

どうもニューギニアの敵砲台の粉砕は、陸軍第一七軍に強い印象を与えたらしい。その結果として、連合艦隊司令部も超速射砲の砲火力を高く評価した。

高く評価したから、彼らがいれば虎の子の空母は出さなくてもいい。そういうロジックであるという。

敵機を撃退できるなら、空母である必要はないだろうということか。ただそうまでして空母を温存したいのは、ある意味、矛盾した対応とも言える。

本国では阿賀野型の船体を活用した軽空母の建造が進められていると言うが、それが揃うまで、こうしたことが続くのか。

作戦の打ち合わせそのものは、すぐに終了した。結局のところ命令であり、また内容的に議論してどうなるというものでもない。

じっさいには、部隊がガダルカナル島に到着するのは夜間であった。一木支隊としては、増援や補給の事実を米軍に気取られたくないのと、敵の航空攻撃を警戒していた。

そこには海軍としての言い分もあったわけだが、じっさいにB17爆撃機隊の攻撃を受けている一木支隊に対しては説得力に欠けた。

ガダルカナル島までは、特に問題はなかった。海岸には一木支隊の将兵が待機している。

それに対して高速輸送艦からは大発が降ろされ、海岸に向かう。大発には加農砲や牽引車が搭載され、今度こそ一大攻勢をかける準備を整えていた。

帰還する大発には、マラリア患者が乗せられていた。一木大佐は中国での戦闘経験もあり、マラリアの脅威も熟知していた。

マラリアといっても三日熱マラリアの類と熱帯熱マラリアでは異なるが、罹患者が出ると部隊の戦闘力が低下することに違いはない。

じっさい日華事変では、部隊の半数がマラリアにかかり、戦闘力が激減したような事例さえ報告されていた。

中国大陸でそれなら、人跡未踏のガダルカナル島ならなおさらだ。だから、一木支隊は蚊取り線香や蚊帳《かや》の準備を怠らなかった。

根本的な対策は水源の改善や土地の改良だが、一木支隊にそこまでする余裕はない。

ともかく可能な限りの準備を行い、マラリアの発生件数は従来よりも激減していたが、さすがにゼロではない。

なので、そうした罹患者はラバウルに後送された。最前線では患者の面倒を見ないだけで、兵站への負担が違ってくるからだ。

輸送艦はそうして物資の揚陸と負傷者の回収を行うと、その夜のうちに帰還の途についた。

これは当初の作戦外の行動だったが、ニューギニア方面で緊急に物資輸送が必要となったからだ。駆逐艦の船体を転用した胡散臭い船のように思われながらも、いざ建造されてみると引く手あまたなのであった。

こうして第一〇戦隊は若干の駆逐艦と共に、再び軽巡四隻中心の部隊となり、朝を迎えた。

阿賀野は周辺を電探で探りながらも、あえて軽巡は動かさず、索敵は水偵を中心とした。

命令の一つが敵艦艇の撃破であるからには、こちらの存在は知られたくない。

阿賀野型は軽巡洋艦ではあるが、火砲の貫通力は二〇センチ砲にならび、発射速度はしのぐ。連装三基の砲数は少ないものの、総合的な砲火力ではかなりの有力軍艦と言えよう。

米海軍が阿賀野型軽巡をどの程度の脅威として判断しているかはわからないが、それでも隠れているほうが、いまはいいだろう。

米海軍艦艇は、航空支援が受けられる時間にガダルカナル島への接近を試みていた。それを水偵が発見する。

重巡一隻に軽巡一隻と駆逐艦二隻、そして輸送船三隻。ただし、水偵は重爆六機の存在も発見していた。

「敵重爆がガダルカナル島の一木支隊を爆撃している間に、艦隊が補給を行うという段取りだろう。それなら、先に重爆を叩く！」

森山司令官はそう即決すると、第一〇戦隊を敵艦隊へと向けた。

敵重爆を攻撃すれば、自分たちの存在が明らかになる。そうなると、敵が逃げる可能性がある。

重爆を攻撃しつつ敵を逃がさないためには、こちらから前進する必要があるのだ。

米艦隊は日本軍の水偵に気がつくと発砲し、撃墜しようとした。しかし、一機だけであり、Ｂ17爆撃機隊が先にガダルカナル島に到達するのが明らかであるためか、攻撃はそれほど執拗ではなかった。

森山司令官は、それよりもＢ17爆撃機隊の数が六機という報告が気になった。アメリカ本土なら重爆でも何百とあるのだろうが、エスプリットサント島には、消耗を補えるだけ配備できないのではないか。

さすがに本土から補給するのは容易ではないのだろう。それは明るい材料である反面、ガダルカナル島を保持する点で補給の問題は日本にも通じる話だ。

最初に第一〇戦隊は、水偵の情報や電探の計測からＢ17爆撃機隊へと照準を定めた。

爆撃機は「く」の字型で飛行していた。それに対して、真ん中の隊長機らしいＢ17爆撃機を照準の中心として戦隊は定めた。

遠距離では散布界が広がるのは避けられず、個別の機体に照準するのは現実的ではない。あくまでも砲撃は確率と統計の世界なのだ。

じつはガダルカナル島の海兵隊は、昨夜の日本軍の補給部隊について、それがやってきたことは把握していた。

ただ彼らの偵察にも限度があった。飛行機があるわけでもなく、高台は確保できず、偵察範囲は海岸周辺にとどまる。

そのため、海岸に接近したすずらん型輸送艦四隻の姿は確認できても、沖合の阿賀野型軽巡四隻の存在には気がつかなかった。

つまり、彼らが揚陸後に引き上げたことは把握していたが、第一〇戦隊が残っていること――そもそも来航自体が知られていない――は把握されていなかった。

B17爆撃機隊は、自分たちに対する対空火器の応酬があるなどとはまったく考えていなかった。

対空戦闘があるとしても、ガダルカナル島の上空でのことで、移動中には起こるはずがない。

遠距離飛行ということもあり、B17爆撃機はスペリー式自動操縦装置で飛行しており、部隊として、いわばアイドリング状態にあった。

砲撃は、まさにそんななかで行われた。

彼らにとって不運なのは、ジャイロと連動したスペリー式自動操縦装置で飛行していたことだった。自動操縦装置ではあったが、それほど複雑なことはできず、端的に言ってしまうと直進するためだけの装置だった。

六機のB17爆撃機隊は一定の速度と方位で直進しており、未来位置の予測が非常に容易だった。

人間なら偏流に流され、慌てて修正するような状況でも、ジャイロにより小まめに針路が修正された。

だから第一〇戦隊の砲撃は、Ｂ17爆撃機隊に対して非常に精度の高いものとなったが、それには少なからず、Ｂ17爆撃機隊側の歩み寄りがあったことになる。

最初に中央のＢ17爆撃機の周辺で砲弾が炸裂し、それは直撃こそ受けなかったが、急激に高度を落として墜落となった。

最初の撃墜機はこのようなものだったが、ほかの五機も砲撃に驚き、散開しようとしたが、咄嗟のことで自動操縦であることを忘れた機体が砲撃からの回避に間に合わず、エンジンの損傷と火災から乗員は機体を捨てて、脱出を余儀なくされた。

ただ機体を見限った時も、エンジンから火を吹きながらも高度は比較的維持されていた。

悲しいことに、パラシュートで脱出した乗員の何名かは、一五センチ砲弾の破片で絶命することとなった。人は機械よりも脆かった。

残りの四機は損傷を受けつつも、なんとか回避に成功した。そして回避すると、ほどなく砲撃も止まる。

それは水偵の報告と電探によるものだが、Ｂ17爆撃機隊の将兵は理由はともあれ、散開したことで砲撃が止まったことはわかった。

何を使ったにせよ、対空火器は相手が分散すれば命中効率は低下し、砲撃は非効率となる。だから戦闘中止というのは理解できる反応だ。

そのため四機のＢ17爆撃機隊は、分散したまま前進する。この時点では、彼らはあくまでもガダルカナル島への爆撃を考えていた。それが当初の命令であるからだ。

しかし、前方に第一〇戦隊の姿が見えると彼らの考えも変わる。自分たちを攻撃した軍艦であるだけでなく、これから航行してくる友軍艦隊にも脅威となる。

だから四機のＢ17爆撃機隊の次席指揮官は、第一〇戦隊への攻撃を隷下の部隊に命じた。

同時に彼らは密集することの愚を悟り、現在の分散した形での攻撃を遂行する。

第一〇戦隊の巡洋艦は四隻、自分たちは四機。だから駆逐艦は無視して、一機が一隻の巡洋艦を狙った。

その動きは、四隻の阿賀野級軽巡洋艦でも確認された。すぐに主砲と対空火器、さらに駆逐艦が個々のＢ17爆撃機に照準を合わせた。

これは、明らかにＢ17爆撃機隊に分が悪い戦いであった。爆撃機は水平爆撃の命中精度の悪さを補うために密集して爆撃を行うのである。

まして相手は移動する艦艇という小さな存在であり、命中はそうそう容易ではない。

対する軍艦の対空火器は、砲弾が直撃する必要はなく、破片効果さえ期待できればいいのだ。

それでもＢ17爆撃機隊は、個々のノルデン照準器の性能を信じて第一〇戦隊へと向かう。

ただノルデン照準器を用いるからには、再び直線を維持して飛ばねばならなかった。そこに対空火器が集中する。

阿賀野を狙ったＢ17爆撃機を撃墜したのは、駆逐艦の両用砲だった。それは照準という点では、やや狂っていたのだろうが、爆撃機への直撃弾となり、主翼をもぎ取られて撃墜された。

この撃墜は、半分は偶然だった。しかし、残りの三機には警告と映った。半分の機体が対空火器で撃墜されたのだ。

あるＢ17爆撃機は、ノルデン照準器を切って勘で爆撃を行い助かったが、爆弾は明後日の方角に落下した。

もう一機は深刻な損傷が生じたため、爆弾を捨てて帰還するコースをとった。残りの一機もその僚機に習い、爆弾を捨てた。

結果的に六機のＢ17爆撃機隊は目的を達することなく、半数を失って帰還する結果に終わった。

彼らにとっての一つの悲劇は、米陸軍航空隊と米海軍の輸送部隊の連携が必ずしも密ではなかったことだ。

司令部レベルでは密に連絡し、作戦を練ったのだが、現場部隊の横の連絡は取れるようにはできていない。

Ｂ17爆撃機隊も、大敗したことを司令部には連絡したが、輸送部隊には伝えなかった。

それでも輸送部隊の上空を爆撃隊が飛行すれば、彼らも状況をある程度は予測できたかもしれない。

しかし現実には、輸送部隊が針路を変更したので、帰路でＢ17爆撃機隊との接触はなかった。

彼らにわかったのは、ガダルカナル島の方角から、飛行機が墜落したらしい黒煙が見えたことだけだった。

それでも輸送部隊は水偵を一機、念のために出動させたが、すでに第一〇戦隊は敵襲のために大きく針路を変更していたことと、電探でその水偵を察知し、避けたことで発見されることはなかった。

輸送部隊があと一機か二機の水偵を出せば、第一〇戦隊は発見されただろうが、一機だけを、しかも真正面だけに飛ばしたことが、彼らのチャンスを潰すこととなった。

「左舷前方から敵艦隊！」

すでに阿賀野は電探の特性を色々と実験し、島陰を背景とすると、電探では察知されにくいことを把握していた。

これは多分に日本のレーダー技術の遅れも関係していたのだが、アメリカのレーダーも旧式なものについては、そういう影響は大きかった。

そして、この時の輸送部隊の巡洋艦のレーダーもそうしたものだった。レーダー技術が日進月歩であったため、米海軍のレーダーの性能にはこの時期、後と違ってかなりのばらつきがあったことになる。

ともかく米艦隊が第一〇戦隊を捉えたのは、見張りもレーダーも時間的には大差なかった。

それよりもいないはずの敵部隊が、予想外のところから現れたことのほうが脅威であった。

なにより阿賀野型は待ち構えていたのである。どう考えても分が悪い。

しかも、彼らは阿賀野型が健在であるところから、Ｂ17爆撃機隊がどうなったのかを察した。彼らが撃破していれば、敵艦隊がここにいるはずがないのだ。

それに水上部隊の指揮官は、日本海軍の卓越した砲火力を持つ巡洋艦の噂を耳にしていた。

大半の海軍士官は、そんなものは臆病風に吹かれた連中の戯言《たわごと》と一笑に付していたが、いまはそんな気持ちになれなかった。

だが輸送部隊指揮官の最大の錯誤は、第一〇戦隊の巡洋艦に捉われたことだった。彼の眼中には駆逐艦などなく、そこに陥穽《かんせい》があった。

重巡洋艦と軽巡洋艦は突然、激しい衝撃を受けた。

「雷撃です！」

「潜水艦もいるのか！」

輸送隊指揮官はそう解釈した。駆逐艦の魚雷があんな遠距離から命中するはずがないから、消去法で言えば潜水艦しかない。

だがそれは、駆逐艦の酸素魚雷によるものだった。森山司令官は阿賀野型巡洋艦に水雷兵装を増設する必要は認めていなかった。

水雷兵装がなくてもいままで戦い抜いてこられたたし、現実には駆逐隊を編組すれば困ることはない。

いまもそれが証明された。しかし、輸送部隊はそれどころではない。巡洋艦二隻は被雷したため、戦闘力が大きく低下していた。

阿賀野型軽巡洋艦はその敵部隊に突進し、至近距離から命中界の大きな砲撃を仕掛ける。

砲弾は次々と命中するが、それは被雷して混乱の極にある米巡洋艦群には、まさに致命傷となった。

一分もしないうちに、二隻の米巡洋艦は戦闘力を失う。残された駆逐艦は果敢に雷撃を敢行すべく突入を試みるも、数が違う。

巡洋艦の砲撃と駆逐艦の砲雷撃で、駆逐艦も早々に撃沈されてしまった。

残された輸送艦三隻に対して、森山司令官は船首前方に砲撃を行い、停船を命じた。

撃沈することは容易であるのだが、彼らが積み込んでいる物資は一木支隊にとって役に立つことが十分に考えられた。

それになにより、森山司令官もラバウルやニューギニア方面の戦闘から、日本海軍の輸送船舶の慢性的な不足問題には気がついていた。

五〇〇〇トンクラスの貨物船三隻は、日本海軍にとって重要な戦力となる。これが軍艦なら戦力化には手間もかかろうが、商船ならそんなこともあるまい。

森山司令官は商船三隻に武装解除を命じた。そして、駆逐艦・巡洋艦の砲術科を中心に陸戦隊を編制し、武装させた上で貨物船に乗り込ませる。

こうした対処への個々の船舶の対応は違った。

ある貨物船は武装解除に応じ、陸戦隊の指示に素直にしたがった。船長として部下の生命の安全に責任があり、ここはしたがうのが自分の義務との考えだ。

しかし一隻だけ、部下を全員降ろすという船があった。森山司令官も、その意図がわからなかったが、船長は「日本海軍の命令にはしたがいたくない」と、船を運航するなら自分らでやれということらしい。

国際法のことを伝えるも、船長は真珠湾がどうのと話が嚙み合わない。

どうも厄介な船長らしい。森山は、その船の船員を残り二隻に分散させた。いざとなれば、船を曳航することも考えねばならないと思った。

そうして船長以外の乗員が移動を終えた時、貨物船は自爆した。聞けば、船には戦車や重砲が搭載されていたらしい。

それを日本軍に渡さないことを彼は考え、部下を巻き込まないために話の通じない船長を演じた。

可燃物や弾薬が多いのか船は轟沈し、船長は助からなかった。ただし犠牲者は船長だけだった。

「死ななくてもいいだろうに」

森山司令官には、その船長の死がなんとも理不尽でやり切れなかった。

5

自爆したこの貨物船はオークランド号といい、船長はビリー・ビーンという偉丈夫だった。

頭の切れる男という評判とともに、誰もが口を揃えるのは彼が短気であったことだ。そして愛国者だったこと。

じつはこの海戦で、巡洋艦や駆逐艦の乗員、さらにはオークランド号から退去した乗員すべてが、日本軍の捕虜になったわけではなかった。

海戦の間にも船は何キロも移動しているし、脱出した側は、海戦のただ中から離れようと考える。

第一〇戦隊も米航空隊が再び飛んでくる前に退避したかったため、視界に入る範囲の救難しか行っていなかった。

米軍の航空隊がやって来るという森山司令官の予測は的確で、数時間後に米軍機は来た。それはB17爆撃機ではなく、カタリナ飛行艇であった。

救難活動のためで、じっさい多くの艦艇・貨物船の乗員が救助された。そうしたなかで、米軍・オーストラリア軍当局は、貨物船オークランド号の最期を知ることになる。

日本軍が救難活動をしなかった――から飛行艇が救助したのだ――ことを含め、オークランド号の活動は、プロパガンダの材料として大きく喧伝《けんでん》された。

『日本軍に重要物資を渡さないために部下を逃がし、自分だけが国のために殉じた英雄ビリー・ビーン船長』

明るい材料が少ない太平洋戦域では、反撃の狼煙《のろし》であるはずのガダルカナル島の戦況も思わしくなく、オークランド号は数少ない宣伝材料なのであった。

新聞やラジオはもとより、書籍も刊行された。ただアメリカ版とオーストラリア版は、書籍でも構成が異なっていた。

これは、アメリカとイギリス連邦の一員であるオーストラリアのプロパガンダに対する考え方の違いによる。

アメリカ版は「事実を伝えることが宣伝となる」というジャーナリスティックな構成の書籍であった。対するオーストラリア版は、文字通りイメージ戦略で、事実よりも物語を優先したものとなった。

そして、世界に広く配布されたのは後者であった。アメリカにしても、自分たちはそういうのは作らないが、他人が作って効果的なら活用には躊躇しないというプラグマティックな対応をしたわけだ。

さらには、後者の書籍を映画化したものも製作され、宣伝臭が強いと一部では酷評されながらも、扇動的な映像の訴求力は大きく、長らく人々の記憶に残った。

ただプロパガンダ映画としての成功とは裏腹に、この映画の影響は後々の戦局では予想外の悲劇を生んだ。

日本軍は捕虜をとらず、撃沈した船の乗員も救わず、放置するか虐殺する――とは明確には描かれていないが、そういう印象を持つように計算されているのが、イギリス式プロパガンダの真骨頂であった――と信じた船員が多かったため、彼らは自分たちが助かる状況でも自沈を選ぶことが頻発したのだ。

これは、戦意高揚のつもりで「ビリー・ビーン船長の遺族は国の手厚い支援を受けている」と描かれたことが大きかった。

船長の遺族が支援を受けたのは事実だが、これは傭船契約の内容と宣伝がらみの特例としてであった。

だから、なんでもかんでも自沈や自爆で遺族の生活が保障されるわけではなかった。しかし、一般にはそういう認識が広まり、そのため船長の中には自己犠牲に舵を切る人間も現れたわけである。

じっさいはプロパガンダ映画通りにならないことで訴訟も起きていたが、それはほとんどのメディアで報じられることはなく、おかげで誤解は訂正されないで終わった。

これに関連して起こった不幸な出来事は、自己犠牲といっても実施は簡単ではないということだった。

常識で判断すればわかるように、自沈装置などついている船があるはずもない。世間で自沈装置と誤解されているキングストンバルブにしても、そういう目的のものではない。仮に自沈にキングストンバルブを使ったとしても、船が沈むほどの浸水までに数日はかかるのだ。

だから自沈となると、船に火を放つとか、積荷の爆薬やガソリンに点火するようなことが行われた。

しかし、素人が計算もなしに船を「手製爆弾」とするようなことは、大事故のもと——なにしろ船を沈めようというのである——であり、じっさい多数の死傷者を出して船は沈まず、雷撃処理されるような事例さえ複数回起きていた。

最終的に、こうした諸問題が政府や船会社などと和解に向かうのは戦後のことであり、それまでプロパガンダ映画のために辛酸を舐める家族がいくつも生まれるのであった。

第一〇戦隊が拿捕《だほ》した貨物船二隻は、そのまま物資をガダルカナル島に揚陸し……とはならなかった。

海軍部隊が拿捕した以上は海軍のものであり、捕虜の扱いもあり、海軍で船舶や物資も含めて海軍で管理する必要がある。

そのため貨物船二隻はラバウルに運ばれ、捕虜は降ろされ、物資は艦隊の需品部の管理下に置かれ、貨物船二隻は海軍省と逓信省の管理の下で、然るべき海運会社に払い下げられ、そこが人員を提供して運用することとなった。

ただ本来は日本に送られるはずの船ではあったが、第八艦隊や連合艦隊が船舶不足に見舞われているため、書類上の手続きが先行し、海軍省から第八艦隊に管理権が移動し、日本から船員が運ばれることになっていた。

日本で行うべき諸検査などは、ラバウルから補給のために日本に来港した時に行うことになったのだ。

面倒な話であるが、ラバウルでは急に増えた二隻の貨物船を運航するための人員の手配ができないからだ。

捕虜を使うという意見もないではなかったが、国際法上の問題もあり、管理面でも監視役を乗せねばならないなど問題のほうが大きいとして、それは却下された。

二隻の貨物船に搭載されていた物資は、糧食や医薬品が中心で、期待していた火砲の類はなかった。

しかし、建設重機のブルドーザーやトラックなどの車両はあり、それは設営隊には強い印象を与えていた。

さらに、海軍関係者を驚かせたのは、貨物船の一隻が搭載していた航海用のレーダーだった。

いわゆるＰＰＩスコープを装備したもので、射撃照準に使えるようなものではなかったが、航海用兵器としては高い実用性を持っていた。

これに関して、海軍技術研究所などが装置一式を日本に送るよう要請してきたが、第八艦隊司令部はそれを拒絶した。

電探装備の大型貨物船なら、使い道は無限と言っていいくらいだ。その貴重な電探を技研などに送れるかというのが、艦隊司令部の考えだ。

技研の人間がラバウルに来て、調査をすることだけは認める。それが艦隊司令部の結論であった。

これには根拠があった。フィリピンやシンガポールでも米英の電波探信儀は鹵獲され、技研に送られていた。

技研はそれを解析して、そのコピーを製作するとなっていたが、完成品はいっこうに現れない。

あと二、三年は必要という意見もあったが、艦隊司令部はそんなに待てない。そもその頃には、艦隊司令長官は定期的な異動で別人になっている。

そうした理由から貨物船の米国製電探はそのまま搭載され、貨物船は運用されることとなった。

そして給兵艦もとぶを旗艦とし、すずらん型輸送艦四隻に鹵獲貨物船一隻――電探なしの船は早々に日本に送られた——を加えた輸送隊が臨時に編制され、ニューギニアやガダルカナル島方面への輸送作戦に投入されることとなった。

第一〇戦隊に関しては、鹵獲された糧食について消耗品として会計処理され、四隻の巡洋艦に缶詰などが配布された。

それはなかなかのご馳走のはずであったが、普段から洋食になれている乗員たちには、感激は比較的薄かった。

ただチョコレートの類は、艦内で「通貨」として通用するほどの人気を博していたという。

第6章　攻　勢

1

第一次ソロモン海戦の敗因は何か？　その原因は、米太平洋艦隊司令部には明確すぎるほど明確であった。

「フレッチャー艦隊の空母群が撤退しなければ、あれほどの大敗には至らなかった」

じっさい査問会が招集され、調査結果が明らかにされると、フレッチャー長官にとってはマイナス材料が多すぎた。

特にゴームリー中将に対する「燃料切れ」という理由が、主計官などからの聞き取り調査の結果、真っ赤な嘘であることが明らかになると「敵前逃亡罪」の疑いさえ議論されはじめた。

さすがに敵前逃亡とすることは全軍への心理的影響の大きさから回避されたが、フレッチャー長官本人は閑職にまわされる。

閑職という比較的軽い処分ですんだのは、空母部隊側からの「あの状況では空母三隻を失っていた可能性があった」との証言が考慮されたためである。

これはニミッツ司令長官にとっては、いささか厄介な問題であった。

フレッチャー司令官の更迭は避けられないとしても、空母部隊の再建という問題が残り、過重な処分は部隊の士気に関わるからだ。

だから閑職という処分で決着となり、後任はスプルーアンス長官となった。ミッドウェー海戦の英雄の再度の登板に現場の士気はあがった。

一方で、空母部隊を再建するまでガダルカナル島をいかに維持し、制空権を確保するかという問題があった。

二週間、それだけの期間、航空戦力を提供し、日本軍に対峙《たいじ》できるなら空母部隊を展開できる。

そして、そのための手段が彼らにはあった。

2

「あれか」

航空隊の指揮官は、浮上した潜水艦を見つけることができた。ガトー級潜水艦ではあるが、飛行甲板にはいくつものドラム缶が固定されているのが、上空からでもわかった。

潜水艦は二隻であり、ドラム缶を積み込んでいるのは同じである。

指揮官は無線機で潜水艦に呼びかけ、そして手順にしたがい、部隊は降下する。第一班が着水し、潜水艦から燃料補給を受ける。それが終わるまでは、第二班が上空で警戒にあたる。

潮流や天候は、この作戦のために調べられている。荒天であったなら、作戦は中止となっていただろう。

しかし、天候も波も穏やかだ。そして水上機たちは次々と着水し、潜水艦に接近する。ただし潜水艦には接舷しない。

あらかじめ展開しているゴムボートが機体に接近し、燃料タンクにホースをつないだ。

ゴムボートの水兵が合図を送ると、ドラム缶の燃料ポンプが動き出す。その間、水兵の一人がコクピットに這い上がり、パイロットにコーヒーなりサンドイッチをふるまった。

単座の水上機には一人分、複座の機体には二人分だ。

「意外に時間を食うな」

隊長機は上空警戒にあたっていたが、先行する第一班への給油に思った以上に時間がかかっていることに苛立っていた。

むろん前例のないことだ。予想外に時間がかかることもあり得る。むしろ、次をどうするか？

「第一班は給油完了後、ただちにガダルカナル島に向かえ！」

第一班は第二班の給油が終わるまで上空警護という流れを考えていたが、予想以上に時間を食うようでは無駄に燃料を消費し、なんのための洋上補給かわからない。

命令は了解され、第一班の水上機はすべての給油が終わると、全機が順次離水していく。その数は、ざっと一〇機。

それを確認後、第二班の一〇機が着水する。第二班への給油作業は、第一班よりは時間を短縮することができた。

それでも当初計画よりも長引いており、第一班を先行させたのは成功であったようだ。

そうして第一班と第二班は速度を調整し、ガダルカナル島の手前で合流し、着水することができた。

着水のためにはあえて大回りをし、日本軍には気取られないよう注意する。とは言え、明日には初陣となるのであるが。

「さて、水上戦闘機でどこまでやれるか。明日が勝負だな」


エスプリットサント島からは、何度かB17爆撃機隊が攻撃に向かうが、艦艇の対空火器により深刻な打撃を受けたこともあり、結果を出すには至っていない。

それに何かあったとしても、エスプリットサント島からいちいち出撃するのでは、とうてい間に合わないのである。

そうしたなかで急遽、配備されたのは、単フロートのF4F戦闘機と双フロートのSBD急降下爆撃機であった。

これは、もともとは大西洋の船団護衛のエアギャップを埋めるために船団指揮艦などに搭載し、Uボートやドイツのコンドル爆撃機に対処するという構想で考えられたものだった。

しかし、イギリス海軍やアメリカ海軍は、それらよりも護衛空母の充実を優先した。水上戦闘機や攻撃機の試作機はできたものの、使い道がないような状況だった。

この大西洋艦隊で試作された航空機が太平洋艦隊に送られ、ガダルカナル島の海兵隊に配備されることとなった。

戦闘機が一〇機、攻撃機が一〇機の計二〇機。それがいまのガダルカナル島における米軍航空戦力のすべてであった。

海兵隊を海軍航空隊が支援する。空母が来るまでの二週間だ。

3

その日の夜間。電探搭載の鹵獲貨物船と共に給兵艦もとぶがガダルカナル島に進出していた。

物資の補給は貨物船より行われるが、他の役割として電探による周辺の警戒があった。給兵艦もとぶの進出を知られてはならないからだ。

もとぶには、八機の水上戦闘機と陸上施設を建設するための機材が搭載されていた。

海軍航空隊だけでなく、陸軍の野戦修理廠からも人が派遣され、単に水上戦闘機の整備をするだけではなく、一木支隊などの兵器の造修も行える施設の建設だ。旋盤に陸軍用も海軍用もあるわけがなく、こうした設備の共有化は兵站の負担を減らし、機械の作業効率を上げる。

そのためプレハブ式の地上設備が完成するまで、給兵艦もとぶは水上機母艦としてガダルカナル島にとどまることになっていた。

積載している水上戦闘機は八機だったが、もとぶが扱うのは一〇機である。それはラバウルから長駆して飛行し、偵察任務にあたる零式水上偵察機二機が含まれていたからだ。

この二機は敵重爆の攻撃を警戒するために置かれていたが、給兵艦もとぶがラバウルに戻ると、現場の貧弱な設備で整備を行わねばならないうらみがあった。

その水偵を再びもとぶが管理するわけである。

水偵の整備は、給兵艦もとぶがガダルカナル島に到着した夜のうちに行われた。戦闘機の整備は終わっているし、きっちりした整備が必要なのは水偵であったからだ。そして零式水上偵察機は、整備が完了した一機が未明とともに出撃した。

主たる目的はエスプリットサント島から来航するB17爆撃機の警戒である。しかし、その前に米軍が占領している滑走路周辺を偵察する。

滑走路はラバウルからの陸攻が連日攻撃しているので、これが使えるとはまず思えない。

それでも確認するのは、米軍が滑走路周辺に拠点を展開――そもそも滑走路の奪取が目的なのだから――しているためだ。

未明の滑走路周辺は、太陽光が低い角度から照射するため、施設などの詳細がシルエットとして把握できることがある。

把握できる、と言い切れないのがつらいところではあるが、それでも昼間の偵察よりも多くの情報を得ることができる。

そうして滑走路から海岸に抜けようとした時、水偵はいきなり機銃掃射された。相手のほうも機体になれていないためか、照準がずれてしまったが、それでも翼端が吹き飛ばされ、バランスを失いかける。

「敵水上戦闘機の攻撃を受ける！」

Ｆ４Ｆ戦闘機に単フロートをつけた機体が、再び水偵に攻撃を仕掛けてきた。なんとか海岸にまで移動すると、そこには離水準備を整えている二〇機近い水上機の姿があった。

水偵の機長は、すぐにこのことを報告する。航空戦は一分一秒を争うが、いまの状況はまさにそれだ。

敵味方の距離は一〇キロもない。水上機が低速と言っても、そんなものは一瞬ではないか。

水偵の機長はここで、まだ離水準備中の水上機に対して機銃掃射をかける。命中は期待していない。水偵の武装など所詮は申し訳程度のものだ。

それでも銃撃を加えるのは、相手を牽制するのと、敵の注意を自分に向けるためだ。自分たちを狙う間は、友軍へは注意が向かない。

しかし敵機は二〇機ほどあり、次々と離水をはじめている。

よく見ると単フロートと双フロートの二種類があり、単フロートが戦闘機、双フロートが爆撃機らしい。

水上戦闘機は自分たちにもあるが、水上爆撃機は厄介だ。米軍はこれで自分たちに爆撃を仕掛けることができる。

ここで水偵は逃げることもできた。しかし、爆撃機の存在を知って、逃げるよりもそれに攻撃を集中しようとした。

空中戦で撃墜は難しいとしても、離水前なら破壊できる。零式水上偵察機は、低空から七・七ミリ機銃弾による攻撃を仕掛けた。

だが、そうした意図は敵水上戦闘機のパイロットも読み取っていた。爆撃機攻撃に集中する零式水偵に水上戦闘機が迫る。

銃弾が零式水偵を貫く。しかし、それも長くは続かない。

「友軍機だ！」

給兵艦もとぶから発艦した八機の水上戦闘機が現れ、Ｆ４Ｆ戦闘機ベースの水上戦闘機を撃墜したのだ。

フロートの搭載により、Ｆ４Ｆ戦闘機に対する零戦の利点は、速力や運動性などの面では失われていた。それらはほぼ互角だ。

しかし火力は違う。もともとＢ17爆撃機を想定しての火力強化だ。Ｆ４ＦやＳＢＤなどには鎧袖一触の威力がある。

それがいま発揮された。水偵を救ったのは水上戦闘機でも三〇ミリ機銃搭載型だが、数発の砲弾を受けてＦ４Ｆ戦闘機は四散した。

状況は日本側に有利に見えたが、単純にはそうとも言えなかった。数は米軍機のほうが二倍以上ある。

なによりも水上機版のSBD急降下爆撃機は爆装していた。ただ水上機化したことで、爆撃機は急降下ではなく、緩降下しかできなかった。

敵味方ともに水上機にしたことで、戦闘機と攻撃機の速度差はほぼ均等になり、運動性能の差も狭まった。

通常なら戦闘機は攻撃機を撃墜してスコアを稼ぐものだが、いまこの状況では、一方的な戦闘は難しくなっていた。

さらにSBD急降下爆撃は、防御火器がそれなりに強化されていた。そのため、零戦の水上戦闘機でも攻めあぐねる局面があった。この点ではF4F戦闘機のほうが、むしろ攻撃しやすい面があった。

数に勝る米軍と火力に勝る日本軍の空中戦は、どちらかがどちらかを圧倒するのではなく、消耗戦の様相を呈してきた。

三〇ミリ機銃弾は強力だが、携行弾数が少ない。そして二〇ミリ機銃は、やや直進性に難があった。

被撃墜数では零戦よりもF4F水上戦闘機のほうが多かったが、SBD水上急降下爆撃機の防御火器で撃墜される零戦も出た。

双方ともに形勢を立て直すために戻らざるを得なくなった。とりあえず三機撃墜されて帰還を強いられた零戦の水上戦闘機が帰還すると、七機を撃墜された米軍側も着水に入った。

両陣営ともに敵襲に備えて機銃などを整備したが、その日はそれ以上の戦闘はなかった。

残存機にも損傷箇所があり、その修理や整備に然るべき時間が必要だったためだ。しかもラバウルからは陸攻が、エスプリットサント島からはB17爆撃機が現れたため、それに対する迎撃戦闘も必要で、双方ともにギリギリのところで戦線を維持していた。

特に米軍側はF4F水上戦闘機の損傷が大きかったため、陸攻隊への迎撃はSBD水上急降下爆撃機が後部機銃で行わねばならないほどだった。

こうした機材や人員の休養以外にも、この日の空戦が見送られた理由がある。それは敵に航空機がないという前提での作戦だったものが、その前提が崩れてしまったためだ。

敵の水上機をどうするか？　特に日本側のショックは大きい。

フロートをつけたことで敵の重爆とは戦えるとしても、水上戦闘機同士では、自分たちの性能の優位を活かせない。

火力は優位だが、携行弾数の問題があり、小型機同士の戦闘では厳しいものがある。それはわかるが、やはり普通の零戦のようにはいかないことはショックであった。

それでもB17爆撃機の迎撃という本来任務は達成できただけに、戦闘機で優位に立てないのは気持ちとして納得できない。

両陣営ともに理解しているのは、敵が似たような装備を準備しているなかで、数の問題が微妙であることだ。

敵に航空戦力がないなら、この程度の戦力でも十分だろう。しかし、敵にも航空機があるとなれば、数の不足が問題になる。それでもやはり出撃することになる。しなければならないのだ。

五機の水上戦闘機は、給兵艦もとぶでの整備を終えると次々と発艦した。地上の支援施設はまだ未完成なのと、ラバウルとの連携から、もとぶが水上機母艦として活用されていた。こちらなら対空火器もあるのだ。

五機の水上戦闘機は三〇ミリ機銃装備が三機、二〇ミリ機銃装備が二機だった。

それらは一度真っ直ぐに外洋に向かい、それから大回りして再びガダルカナル島に向かう。

「あれだな」

戦闘機隊の機長は、ラバウルからの陸攻隊の姿を認めた。機数は一八機。それを五機で護衛する。

護衛が必要なのは、米軍の水上機から守るためだ。零戦を水上機化した水上戦闘機がＢ17爆撃機の迎撃には、相応の成果をあげているのと同様に、米軍の水上機もまた陸攻隊の迎撃には成果を出していた。

特に水上機化したＳＢＤ急降下爆撃機は複座であるため、後部機銃に専任者を置けることが予想外の強さとなっていた。陸攻と併走して後部機銃による銃撃を仕掛けるようなことができるからだ。

こうした点では、水上機化したＦ４Ｆ戦闘機よりもＳＢＤ急降下爆撃機のほうが陸攻にとっては厄介だった。

なによりも陸攻隊は戦闘機のほうを警戒するから、攻撃機に対する警戒は薄い。そこを突かれて撃墜されるのだ。

だからこそ、水上機化した零戦が護衛にあたることになる。

敵に気取られないようにと外洋に向かってはいたが、敵も監視していたのだろう、陸攻隊への迎撃機はすでに前方で待ち構えていた。

いまのところ、ここまでの水上機同士の小競り合いでは、日本側が有利に戦闘を進めていた。被撃墜機数はゼロであり、対して米軍機三機を撃墜している。

それでも航空戦力の比は二対一であり、数の優位は米軍にある。そして、敵機の主軸はすでにSBD急降下爆撃機になっていて、F4F戦闘機の姿は三機しか見えない。

これはF4F戦闘機の性能の問題というより、水上戦闘機という特異な存在の運用方法や戦術を米軍側が十分に確立できていないところが大きかった。

もともと「ないよりまし」という出発点の水上戦闘機なので、合理的な運用までは考慮されていない。

どちらかと言えば、日本軍を攻撃するという点で、SBD急降下爆撃機の水上機化のほうが意図は明確であったと言えよう。

そして五機の水上戦闘機も、ここでは厄介なSBD急降下爆撃機のほうを狙っていた。そっちが厄介なことは以前よりわかっていたが、F4F戦闘機が攻撃を仕掛けてくるため、なかなかそちらを撃墜できなかったのだ。

しかし、そのF４F戦闘機も数が減り、ようやくそちらに攻撃の主軸を向けることができた。そのための戦術もできている。

ＳＢＤ急降下爆撃機は、編隊の左右両翼の陸攻に攻撃の矛先を向ける。編隊の端を狙うのはセオリーである。

しかし、セオリーだけに攻撃は予測しやすい。そして水上戦闘機隊と陸攻隊は、ともに海軍航空隊であるため、相互連絡がしやすかった。

この点は海軍航空隊の水上機と陸軍航空隊のＢ17爆撃機との連携が難しい米軍よりは有利であった。

ＳＢＤ急降下爆撃機はいつものような間合いで陸攻に接近する。だが、その時は違った。

編隊の翼端に位置する陸攻は、側方機銃を二〇ミリに強化しているタイプだった。上方の銃塔とともに複数の二〇ミリ機銃がＳＢＤ急降下爆撃機を狙った。

間合いを狂わされたＳＢＤ急降下爆撃機に対して、反対方向から三〇ミリ機銃搭載の水上戦闘機が銃弾を撃ち込む。左右から挟撃する形だ。

陸攻の火力強化が、ある意味でＳＢＤ急降下爆撃機には奇襲となった。そこに三〇ミリ機銃弾を撃ち込まれ、左右両端で陸攻の編隊を襲ったＳＢＤ急降下爆撃機が、そのまま撃墜される。

これで米軍機はＳＢＤ急降下爆撃機が五機、Ｆ４Ｆ戦闘機が三機となった。

米軍機の指揮官は戦闘そうそうに二機が撃墜されたことに衝撃を受けた。いままでの小競り合いでも、ここまでの損失は出ていなかったからだ。

しかし、退却はできない。そうなれば陸攻の進攻を防げない。

状況がわからないまま指揮官は再度、編隊を攻撃させる。セオリー通りの攻撃が再び行われ、同様に二機撃墜の結果となる。

どうしてそうなったのかわからないまま、指揮官はさすがに三度目の攻撃は行わず、六機になってしまった水上機に各自の判断での攻撃を命じた。

セオリーで失敗したから、セオリーをやめたのだ。とは言え、それはさすがに思考の短絡であった。

なおかつ彼我の戦力比が、倍からほぼ等しくなっている。いや、じつは違う。陸攻の防御火器もまた、零戦隊に味方していたので、戦力を機銃の数とすれば、米軍側は大きく劣勢を強いられていた。

指揮官はそのことに気がつかない。視界の中には零戦しか入っていなかったが、フロートをつけて愚鈍になった米軍機にとって、陸攻の火力は脅威であった。

しかもどの米軍機も上から襲撃を仕掛けるが、そこは二〇ミリ銃塔の射程内なのである。

それらは互いに連携し、一機の米軍機を二丁、三丁の二〇ミリ銃塔が狙う。そしてそれから逃げても零戦がいる。

六機の水上機は各自の自由行動という名目による指揮官の指揮の放棄により、各個撃破される結果となった。

さすがに全滅とはならないものの、それでもＦ４Ｆ戦闘機は全機撃墜され、損傷しながらも退避に成功したのは二機のＳＢＤ急降下爆撃機だけであった。

こうして一八機の陸攻は、米軍陣地に爆撃を成功させる。ただ密林の中の照準だけに、その戦果は爆弾の割りには小さかった。

4

「三機なのか?」

給兵艦もとぶの大山艦長は、飛行長の報告に声をあげた。それだけ衝撃的な内容だったためだ。

「三機です」

飛行長はその数字を繰り返す。

「稼働機は……五機ではなかったのか？」

「それは今朝までの数字です。B17爆撃機隊を迎撃し、いまは三機です」

「撃墜機はないと聞いたが」

「撃墜ではありません。稼働率の低下です。蓄積した損傷部位が、今朝の迎撃戦で一線を越えました。ラバウルでもこれ以上の修理は不可能でしょう。三〇ミリ機銃の部品もありません。

戦力というなら日本に返送し、アルミ地金として鋳《い》つぶして再生するほうが、無理に修理するより戦力になります」

「航空機は消耗品か」

「航空機は消耗品です」

あっさりと飛行長にそう言われてしまったら、大山艦長としても返す言葉はない。

じっさいのところ、ガダルカナル島周辺の航空戦は、この二、三日は嘘のように静かだった。

陸攻やB17は損失があるためか、部隊再編で飛んでこない。水上機群も日米ともに稼働率は高くなく、なによりも自分たちだけ航空機がないような状況を避けているため、戦力温存に舵を切っていた。

結局、苦労して準備した水上戦闘機の類は、日米双方ともに使わないというより、使えない状況に陥ってしまったことになる。

それは、水上機戦闘機の問題とは必ずしも言えなかった。要求された性能はちゃんと発揮できたのだ。

問題は同時期に両陣営が似たような兵器を投入したものの、適切な運用ができなかったということだ。

もっとも、どちらも水上戦闘機など間に合わせ兵器という認識で一致しているので、その改良や戦術面の改善を行うという動機も希薄であった。

5

「それは少し無茶ではありませんか」

森山司令官は、トラック島の戦艦大和の作戦室で、山本五十六司令長官より作戦の説明を受けていた。昭和一七年九月下旬のことだ。

「無茶は承知だ。しかし、いまはその無茶をせねばならんのだ」

山本司令長官にそう言われて、森山司令官は彼を説得するのを諦めた。

無茶という自覚がない相手なら、無茶である点を指摘すれば説得もできよう。

しかし、無茶という自覚があり、わかっている人間に無茶であると指摘しても説得はできない。

「すでに第八航空戦隊の天城も浅間も錬成を行っている。実戦こそ最良の教師との言葉もある」

阿賀野型軽巡洋艦の船体を転用して建造されたのが、軽空母天城と浅間である。

本来は軽巡洋艦阿賀野型の九番艦と一〇番艦として建造されるはずだったが、真珠湾作戦以降の空母重視の趨勢《すうせい》と軽巡洋艦の必要性への疑問から、建造の初期段階で軽空母に改造されることになったのである。

つまり、この二隻はミッドウェー海戦の結果とは関係なく、空母として建造が始まっており、その関係で並行して製造中だった超速射砲の砲塔が大淀や仁淀にまわされたのである。

ちなみに阿賀野型の一一番艦と一二番艦は、起工の時点で空母として建造が始まっていたため、一部で言われているような「ミッドウェー海戦の敗北の結果、空母に改造された」わけではない。これは九番艦・一〇番艦も同様だ。

ただ一一番艦・一二番艦がそのように言われるのは、時期的な問題と天城や浅間と形状が異なるためである。

工期短縮と大型攻撃機の搭載・運用も考慮して、アイランドを省略した平甲板空母として竣工したのだ。

その関係で飛行甲板も若干だが幅広く、長くなっていた。ただ艦内艤装などはファミリー化を維持しているので、ほぼ同じである。

しかし、アイランドを省略したことによる外観の変化は明らかで、別ものと解釈されても仕方がないのも事実である。

「天城型空母は艦載機数三六機、第八航空戦隊の二隻でも七二機に過ぎません。翔鶴型空母一隻と同等です」

「第五航空戦隊の空母は再建中だ。いまは動かせん」

それがどこまで本当なのか、森山司令官にはわからない。ただ一つ確実にわかるのは、山本司令長官は空母瑞鶴と翔鶴を動かす気がないということだ。

日本に残された唯一の大型正規空母二隻である。それを温存しようとする山本長官の考えは、理解できなくもない。

ただその代わりに第八航空戦隊の空母二隻を投入するのが正しいのか？　そこは、森山司令官には疑問であった。

さらに森山にとって問題なのは、ガダルカナル島方面への第八航空戦隊の投入が不可欠だとして、それを自分のところに話を振ってきたことだ。

本来なら第八航空戦隊司令官と相談すべき話であり、それを自分にするのはなぜか？　理由はわかる。

第八航空戦隊の有間司令官よりも森山司令官のほうが先任だからだ。まず間違いなく、第八航空戦隊の護衛は第一〇戦隊の担当となる。

ただし、そこで新たな機動艦隊の新編は行われないとなれば、二つの戦隊の指揮をとるのは先任者である森山少将となる。

それはわかるのだが、森山司令官にはやはり納得できない部分があった。

ガダルカナル島を奪還するなら、制空権が確立していないいま、第一〇戦隊の砲火力で敵陣を砲撃すればすむ。あえて第八航空戦隊を投入する必要性はないのではないか。

そもそも空母の存在は矛盾を含んでいる。

攻撃だけなら阿賀野型軽巡でも用は足りる。そうではなく第一〇戦隊は第八航空戦隊の護衛というなら、敵航空隊がいることになる。

しかしガダルカナル島の敵航空戦力と言えば、水上戦闘機が数機と聞いている。Ｂ17爆撃機を想定しているにせよ、それは空母が自力で対応できるだろう。むしろ空母部隊だけで行えばアウトレンジ攻撃が可能で、Ｂ17爆撃機の攻撃は考えなくてもいいはずではないか？

そんな森山司令官の心中を察したかのように、山本長官は言う。

「現時点でのガダルカナル島の航空兵力は、均衡を維持していると言えば聞こえはいいが、決定打が出せていないのが現状だ」

「だから空母投入で決定打を出すと？」

「そうアメリカは考えているらしい」

「アメリカ⁉」

「ＧＦの敵信班の情報によると、米海軍のフレッチャー長官が更迭された。彼が空母三隻を率いた部隊の指揮官だった。

第一次ソロモン海戦の時に、彼は空母の安全を図るために部隊を退けたのだ。早い話が逃げたのだ」

衝撃的な話である。山本長官の口調は淡々としているが、一軍の指揮官が逃げた。

それはあまりにも重い事実だ。

フレッチャー長官の空母部隊が逃げたから、第一次ソロモン海戦で自分たちが勝利できたのだとは、森山司令官も思わない。

夜戦の勝利に空母部隊は関係ないし、翌日の航空戦も、阿賀野型軽巡の働きがあれば損害は軽微に終わっただろう。

むしろ輸送船団が全滅するような事態に直面したら、空母部隊とて追撃どころの話ではあるまい。じっさい山本長官も、そんなことは一言も述べてはいなかった。

「後任の指揮官は、ミッドウェーで一航艦を降《くだ》したスプルーアンス長官であるらしい。そうであれば、米海軍はガダルカナル島に空母部隊を投入してくるはずだ」

「三隻ですか？」

「それはわからんが、ガダルカナル島の周辺という狭い海域に空母三隻の投入はないだろう。

前回は、船団を守るという任務があった。だが今回は、一木支隊の壊滅が目的だ。安全と機動力を考えるなら、エスプリットサント島の重爆隊を空母部隊が島の近海で護衛する。打撃の中心は重爆だ」

「敵は陸海軍合同の攻撃ですか」

「我々も陸軍の一木支隊を救おうとしているではないか」

「それで、敵の空母一隻に第八航空戦隊の空母二隻をぶつけると」

「第一〇戦隊ともどもな。ともに阿賀野型軽巡の船体を転用した軍艦だ。運動性能も揃っている。共同で活動するには都合もよかろう」

「それは言えますが」

「貴官に覚えておいてほしいのは、第一〇戦隊と第八航空戦隊の共同作戦のような形態は、今後、海軍の主たる戦闘単位となるということだ」

「主たる戦闘単位？」

「これからの海戦は、空母なしでは何もできないは言いすぎとしても、作戦活動に大きな制約をかせられるのは確かだ。

そして日本ではこの戦争が終わるまで、大型正規空母は建造されない。建造中の装甲空母も解体が決定した。就役に時間がかかりすぎるからな。

我が海軍は天城型軽空母の量産に傾注する。一つの構想としては、天城型四隻を阿賀野型軽巡四隻と駆逐艦に護衛させるような機動部隊の編成だ。

こうした機動部隊を複数建設すれば、米艦隊に対して優位を維持できるだろう」

「そうした将来的な展望をにらんで、今回の第八航空戦隊との作戦に従事しろということですか」

「そのつもりで作戦に従事してほしい」

山本長官はそう森山司令官に述べたが、彼自身の考えは山本とはやや違っていた。

そもそも自分たちは米軍となんのために戦おうとしているのか？　それはガダルカナル島のためであり、もっと言えば、ガダルカナル島の航空基地のためだ。

天城型空母が量産型で短期間に建造できるとしても、一年はかかるのではないか？　それに対して基地航空隊なら三ヶ月もあれば完成するし、陸攻も運用できる。

なにより基地航空隊は爆撃されても沈まない。それを考えるなら、海軍航空の中核は空母ではなく基地航空隊だ。

だが、よく考えるなら山本五十六司令長官も、それはわかっているようだ。なぜなら彼は天城型空母の量産は口にしたが、阿賀野型軽巡の量産には言及していない。

阿賀野型軽巡は前期・後期合わせて八隻、戦隊なら二つ分。それぞれが四隻の天城型空母を守るなら、量産される空母はあと六隻の計八隻。

空母には量産の余地はまだあるが、戦争の長期化を避けるなら、軽巡は現有の阿賀野型八隻より増やすことは現実的ではない。

基地航空隊を主軸としながら、二個機動部隊で戦っていく。それが当面の連合艦隊の策であり、ミッドウェー海戦後の空母部隊の運用なのだろう。

森山司令官が山本長官の発言で無視できないと感じたのは、装甲空母が解体されるという話だ。

森山は航空畑の人間ではないが、加瀬とのつき合いの中で、海軍軍令部などから空母は脆弱と認識されていることを知っている。

それだからこそ、飛行甲板を装甲した空母で抗堪《こうたん》性をあげるという考えが生まれた。

ただ、ミッドウェー海戦がそうした考え方に疑問を投げかけていたのも事実だった。一発の爆弾で収拾不可能なほどの大火災を招いたのは、飛行甲板に装甲が施されていなかったためではない。

電線の延焼、塗料の燃焼、動力の喪失など、装甲以前の問題が次々と現れたのである。

要するに問題の本質は応急（ダメージコントロール）にある。その部分が改善されなければ、飛行甲板を装甲板にしたところで艦の生存性は上がらない。

そもそも通常の空母とて、ある程度の装甲防御は施されているのだ。したがって、飛行甲板の装甲ですべてが決まるわけではない。

そのため加瀬からは、応急機構の改善が研究され、なおかつ敵機が接近できないか、その数を減らす方策こそが装甲空母より重要という話は聞いていた。

その時はあまり深く考えていなかったが、いま思えば迂闊《うかつ》であった。彼があえて森山にそれを話したというのは、「敵機が接近できない」という部分こそ、第一〇戦隊に委ねられていたということだからだ。

もちろんこれは阿賀野型軽巡洋艦と天城型空母の話であるが、海軍には空母も巡洋艦も阿賀野型以外のものが少なくない。

ただこれから主流となるのは自分たちであり、そのあるべきモデルは自分たちが担うことになる。そういうことだろう。

「やってくれるな」

山本長官の質問に、森山司令官は諾とするしかなかった。

6

米太平洋艦隊司令部でニミッツ司令長官は、スプルーアンス長官に対して正式に命令を下していた。

「貴官に困難な命令を下さねばならぬ。それは理解していることだろう」

スプルーアンス長官は低くうなずく。自分に課せられた任務の困難さは十分に理解している。

ただ、それは今回で二度目だ。一度目はミッドウェー海戦だ。空母の安全を図りつつ、ミッドウェー島を守り抜く。

それは優勢な日本海軍空母部隊を前に困難な任務であったが、スプルーアンス長官は見事にやり抜いた。

今回も同様の命令だ。空母三隻の安全を確保しながら、ガダルカナル島の日本軍部隊を壊滅させる。

空母三隻を中心とする部隊は船団を警護し、それをガダルカナル島に無事に送り届ける。

そして、空母艦載機が日本軍を空から攻撃する。制空権を確保しつつ、海兵隊が日本兵を駆逐し、滑走路を完成させ、空母部隊の一部がガダルカナル島に移動し、以降はそこを基地とする。

シナリオは簡単で単純だ。問題は、どこまでこのシナリオ通りに事が進むかだ。

「日本軍の動向は？」

「レイトン情報参謀の分析によれば、日本海軍の瑞鶴と翔鶴は日本にいる。かわりに新造空母が二隻、ガダルカナル島方面に派遣されるらしい」

「新造空母をいきなり派遣してくるのですか？」

「それは我々も驚かされたが、レイトンの分析に間違いはないだろう。おそらくは、実戦こそが最良の教師というようなことを考えているのか、あるいは十分な錬成を行う余裕が彼らにはないのだろう」

その言外の意味は、ニミッツ米太平洋艦隊司令長官の表情を見ればわかる。

ミッドウェー海戦で日本海軍の空母四隻を下したのは、ほかならぬスプルーアンスだ。つまり、日本海軍の新造空母の錬成が足りないのは、彼のおかげと言える。

しかし、この部隊指揮を自分に委ねるというのはそれだけではあるまい。

おそらく日本海軍は、自分が陣頭指揮に立つことを知っているのではないか。ならば、どうなるか？

ミッドウェー海戦での敗北という汚辱に日本人は耐えられまい。捲土重来、なんとしてでも汚名を返上しようとするだろう。

米海軍の空母部隊はすでに経験を積んでいる。そんななかに錬成途上の日本海軍航空隊の空母が出撃する。

日本海軍の新造空母がなんであれ、米空母三隻に勝てるはずがない。日本海軍は空母二隻と貴重な搭乗員を失う。それは、日本海軍艦隊の力を大きく削ぐことになるだろう。

つまり、自分は日本海軍に決定的な打撃を与えるために、米太平洋艦隊から提供される餌《えさ》なのだ。

山本がスプルーアンス艦隊という餌に食いついてさえくれれば、日本海軍は再起不能とまでは言わないまでも、相当のダメージを受けることになる。

一方で、ガダルカナル島の海戦では米太平洋艦隊は不利な状況に置かれている。日本海軍の巡洋艦部隊に味方の部隊が痛打され、少なくない数が沈められている。

それは、数の優位を敵が確保しているためとも聞く。だが原因がなんであれ、それは自分たちの部隊にとって、つまり三隻の空母にとって懸念材料だ。

「空母は、どれほどの戦力で守られるのでしょうか」

その質問をニミッツは待っていたのだろう。彼は嬉しそうに答えた。

「サウスダコタ級戦艦二隻を投入する。戦艦に勝てる巡洋艦はない。違うかね？」

第7章　試製彩雲、発艦！

昭和一八年一二月、西太平洋。

「左舷方向に微弱な反応があります」

航法席の下士官が報告する。

「微弱な反応とは具体的に何だ？」

「電探の反応だけでは断定できませんが、速力から見れば水上艦艇と思われます。

これが水上艦艇なら、この距離でこの反応ですから相当数の規模でしょう」

「敵の本隊か」

「おそらく。大型艦艇からの反射と考えれば辻褄《つじつま》はあいます」

「そうなると距離精度は甘いか」

「残念ながら」

「このまま接近すれば、敵機の姿を拝むことになるな」

「拝みますか」

「当然だ。それを拝みにここまで来たんだ」

そして、試製彩雲は給兵艦もとぶと司令部に報告の後、電探が発見した敵部隊方向に機首を向けた。

敵機動部隊接近の報をもとに、給兵艦もとぶ搭載の艦上偵察機彩雲改は、想定海域の偵察にあたっていた。

試製艦上偵察機彩雲と呼称されているが、それは便宜的なものだった。開発計画と予算処理の関係で、すでに開発が進んでいた彩雲の呼称を活用したもので、機体としては別ものだ。

書類上は、彩雲設計のために空力データを収集する実験機という建前になっており、だから試製の二文字がつく。

もっとも機体は別ものではあるが、まったくの無関係というのも正しくない。彩雲の設計や部品などは試製のほうでも活用しているし、試製のデータが彩雲本体に還元されることも間違いではないのだ。

この試製彩雲は、彩雲乙型と称されることもある。そちらは正式ではなく、通称のようなものだ。

甲乙の違いは外観でわかる。甲型は誉《ほまれ》エンジンを搭載しているが、乙型はユモ213液冷エンジンを搭載していた。

日独の潜水艦による交流のなかで、ドイツから提供されたユモ213エンジンの一つが、この試製彩雲には使われている。

開発期間短縮のため、試製彩雲は彗星艦爆の機体を転用していた。色々と技術的トラブルの絶えなかった機体だが、この時期には背伸びした新機軸は使わず、堅実な機構を採用した信頼性の高い機体となっていた。

そのため試製彩雲は複座の偵察機となっていた。武装は全廃されていたが、写真機は小型のものが搭載され、最高時速は六六〇キロに達した。

伊号潜水艦の水偵格納庫をドイツからの物資収容庫に活用するなどして、数十基のユモ213エンジンが日本に運ばれた。

高性能エンジンの国産化を期待しての作業であったが、日本の技術力では戦局の逼迫も手伝って、ユモ213の国産化は困難であった。

結果として、このユモ213エンジンは特殊な用途の機体に用いられることとなった。国産は困難だが、遊ばせるのはもったいないからだ。

一〇〇〇とか二〇〇〇〇の数があれば量産機も考えるが、数十基であれば、試作機や実験機での活用以外は難しい。

こうした背景から試製彩雲は飛んでいたのである。

試製彩雲が敵艦隊らしい相手に接近するにつれ、明らかに航空機と思われる反応が現れた。

「敵機接近中！　Ｆ６Ｆと思われる二機！」

「来たか」

それは驚くべきことではなく、予想されていたことだった。

敵艦隊にも電探はある。偵察機が接近してくれば迎撃にも出るだろう。

航法員はそのタイミングで、司令部からの通信を受ける。

「機長、大和は敵重爆隊を撃退したそうです！」

「阿賀野の神通力、いまだ健在か！」

司令部からの報告で、試製彩雲も状況が見えてきた。同時に自分たちが、やりようによってはかなり面白い立場であることも。

敵部隊はＢ17爆撃機隊を撃退され、大和を中核とする陽動部隊を日本海軍の本隊と誤認していることだろう。

そこに、給兵艦もとぶの試製彩雲が思わぬ方角から飛んでくる。

敵艦隊は、ここで混乱に陥るはずだ。戦艦を含む大艦隊とは別の方角から、日本海軍最速の偵察機が接近している。

敵にはこれで、どちらが日本艦隊の主力なのか迷いが生じるに違いない。それを承知で、機長は全速力で敵艦隊に向かう。

過去の戦闘経験から、米軍のＦ６Ｆ戦闘機がどのような戦い方をするのかは、ある程度、日本海軍航空隊も把握していた。

機長はここでユモ２１３エンジンの特性を利用し、高高度に上昇する。迎撃機はそれよりずっと低い高度で接近する。

日本軍機は中高度で米軍機と有利に戦えるため、その高度を選択しがちだ。

米軍もそれは理解しているから、それより高い高度で攻めてくる。しかし試製彩雲は、さらにその上を飛ぶのだ。

多少は雲を利用しながら、試製彩雲はあえて敵戦闘機に真正面から挑む形で接近する。

おそらく、そのことは敵艦の電探も把握している。それはＦ６Ｆ戦闘機にも伝えられ、彼らも真正面の敵に備える。

だが、それこそ機長の狙いだ。日米の飛行機は早晩すれ違う。それは音速を超える速さとなろう。

敵がこちらのからくりに気がついた時には、すでに遅い。反転して追撃する頃には、試製彩雲は敵艦隊を視野に収めているだろう。

「敵戦闘機接近……いま！」

航法員が叫んだ時、二機のＦ６Ｆ戦闘機は試製彩雲の後方をすり抜けていた。

「どれくらいですかね？」

「してやられたと気がつくのに、慣れた奴なら一〇秒、反転して追撃に移るのに三〇秒、追撃不能と悟るのに一分だな」

「なら、新手が飛んでくるまで一分半として、三分ですか、余裕は」

「長くてな」

しかし、その三分の間に試製彩雲は敵艦隊の姿を捉えていた。

「戦艦三、エセックス級空母六！」

一〇隻近い主力艦に、それを警護する多数の巡洋艦と駆逐艦。機長も航法員も、海面に広がる艨艟《もうどう》の姿に息を呑む。

敵戦力が五、六隻の空母を含むということは、事前の分析でもわかっていた。しかし、戦力予測を知っていることと、現実にそれを目にすることは違う。

航法員はすぐにこうした発見を打電し、敵陣についての詳細を報告した。給兵艦もとぶからは、すぐに帰還命令が届いた。

それには貴重な試製彩雲を撃墜させないためと、敵を誤誘導するという二重の意味があった。

彩雲は最高速力で、ひたすら敵艦隊から離れることに専念した。多数のＦ６Ｆ戦闘機が試製彩雲を撃墜しようと迫ってくるが、試製彩雲の最高速力はＦ６Ｆ戦闘機より速い。

試製彩雲が高高度を飛行していることもあり、戦闘機は追いつくことができなかった。微妙な速度差で戦闘機は引き離される。

しかし、Ｆ６Ｆ戦闘機隊は諦めなかった。理由は明らかだ。このあたりに日本軍の陸上基地はない。艦上偵察機を飛ばしたのは空母となる。

つまり、偵察機の向かう先には日本軍空母がいる。その解釈は正しくなかったが、実際面では間違ってもいない。

Ｆ６Ｆ戦闘機隊は、集団ではなく技量の差により直線上を並んで飛んでいた。その数は四機。

四機のＦ６Ｆ戦闘機は、試製彩雲しか視野に入っていない。だから上空から銃撃を受けた時、それは完全に奇襲となった。

二〇ミリ機銃と三〇ミリ機銃弾を受け、Ｆ６Ｆ戦闘機は各個に撃墜されていく。

それは、給兵艦もとぶの艦上局地戦闘機によるものだった。

四機の艦上局地戦闘機が、Ｆ６Ｆ戦闘機隊を奇襲により撃墜する。そして、試製彩雲とやはりユモ２１３エンジンを搭載した艦上局地戦闘機が、順次着艦した。


「全機無事か……」

給兵艦もとぶの久保艦長は、その報告に安堵する。

給兵艦もとぶは戦局の苛烈化の中で、艦形を一新させていた。水上機母艦的に水上機を運用してきたこの船は、戦闘の損傷を修理するなかで大改造を受け、全通甲板が装備された。

確かに船体は阿賀野型軽巡洋艦と同型なので、天城型空母のように空母化もやれば可能だ。

しかし、工期を優先したのと輸送任務も重要なので、全通甲板こそ空母のように見えるが、その用途は空母とは違っていた。

いまの給兵艦もとぶは、潜水母艦として活動している。試製彩雲は敵船団などを発見するためにある。

給兵艦もとぶからの情報にしたがい、傘下の潜水艦部隊が敵船団や艦隊を集団で攻撃する。

いわゆる群狼戦術を行う母艦だ。ただ、そういう母艦は最優先で攻撃されるため、自衛のためにユモ２１３エンジン搭載の艦上局地戦闘機が一二機搭載されていた。

「遅くとも深夜までには、八隻の戊《ぼ》型潜水艦と六隻の伊号潜水艦が集結します」

潜水艦作戦担当の水雷長が、海図に赤いピンを刺しながら報告する。赤いピンはもとぶ傘下の潜水艦の位置を示していた。

「一四隻の潜水艦が、敵機動部隊を襲撃するのか」

久保艦長は感慨無量だ。今日のこの日を迎えるまで、どれだけの準備が必要だったことか。

「電探の警戒を厳重にせよ」

「大淀と仁淀は予定通りに邂逅可能とのことです」

「そうか」

一連の戦闘で、敵は給兵艦もとぶを空母と誤認しただろう。当然、彼らは航空戦力の少なくない部分を自分たちに向ける。

彼らは迷っているだろう。戦艦大和が主隊か、それとも試製彩雲の空母が主隊か。

その答えを知る時、敵は航空戦力を分散して、日本海軍機動部隊主力の攻撃を受けることになる。

「総員、最善を尽くし、敵襲を生き延びよ。そして、友軍潜水艦隊の大戦果の報告を目にしようではないか！」

久保艦長は艦内放送で、吠えるように部下たちに伝える。それには艦内から歓声が戻ってきた。士気は高い。

その高い士気は、電探が敵航空隊接近を告げても衰えることはなかった。

第8章　伊号第二〇一潜水艦

1

昭和一七年四月。横浜にある、その民間の造船所は緊張した空気に包まれていた。周囲の民家には灯火管制の命令が出されており、つまり、造船所の作業は見られないように手配されている。

さらに、横須賀からの陸戦隊が周囲の道路警戒をしていた。街のほとんどが息を潜めるなか、造船所だけが動いている。

四月といっても、深夜ともなると冷える。造船所の人間が作業を見守る関係者にお茶を手配する。

艤装員長の乾《いぬい》中佐もそのお茶を受け取るが、視線は貨物船から動かない。

「二〇〇〇トンほどか？」

「それくらいです。中型の貨物船を活用できるかどうか、それもこの実験で検証します」

乾の質問に本間造船中佐は答える。

中型の貨物船は、造船所のドックにしずしずと入って行く。ドックの上には海軍の補助金で建設された橋形クレーンがあった。

貨物船の船倉はすでに開かれており、クレーンは積荷に直接アクセスすることができた。

積荷の上では海軍の技術者たちが作業を進めていた。積荷にワイヤーをかけ、そのバランスを確認する。

やがて、積荷はクレーンにより船倉から引き上げられた。それは全長二〇メートル以上ありそうな鉄の筒のように見えた。筒の直径も一〇メートル弱はありそうだ。大きいには大きいが、筒であるため重量はそれほどでもないらしい。

積荷をクレーンに委ねると、貨物船はドックをゆっくりと後にする。

入れ替わりに別の貨物船が入渠《にゅうきょ》した。

その作業の合間に、クレーンは積荷をドックの奥の船台へと運んで行く。

「こんな神経を使う作業なら、昼間にやったほうがよくはないか」

乾艤装員長の質問に本間は答える。

「作業はそうですが、深夜の安定した気温で作業をしたいのです。熱で膨張すると接合に狂いが生じます」

「そういうものか」

船台には、巨大なベアトラップのような治具《じぐ》があり、筒はそこに運ばれる。周辺の人間が電灯の中でワイヤーを曳き、クレーンに指示を出す。

筒が定位置につくと、ベアトラップのような治具はゆっくりと閉じていく。治具は閉じると、完全な円形ではなく洋梨状の形状で、筒は自重で自然に安定した位置に落ち着いた。

治具は、そうなるとゆっくりと移動する。それはいくつもの車軸がついた台車とレールの上に載っていた。

治具が移動すると、その先には別の大きな筒がある。二つの筒がセンチ単位まで接近すると、水平が維持されたまま、ジャッキで高さと円筒の傾きが調整される。

ハンドルをぐるぐると回すと、筒はロール軸でゆっくり回転していく。角度調整が終わってから高さ調整が行われ、そして最終段階で治具は数センチ移動し、二つの筒は嵌《は》め込まれる。

「リベット打て！」

筒と筒の接合面には内筒・外筒にリベット用の穴があいている。この穴に四本のリベットが打ち込まれ、仮止めは終了した。

深夜でなければできないため、この作業は夜間だけ行われ、歪みなどが生じないように昼間の作業も中断された。

そうして二晩かけて、分割された筒は一つの筒に結合された。

筒は仮止めこそリベットだったが、本当の結合は溶接で行われた。

「いや、本当に二ヶ月で一隻建造できそうだな」

乾䑽装員長は、工事中の潜水艦の中を本間とともに歩きながら、感銘を受けていた。

潜水艦とは海軍艦艇の中でも構造が複雑な機械である。建造費こそ駆逐艦の倍程度だが、トンあたり単価で見れば、海軍艦艇でもっとも高価だ。

だから建造にかかれば一年以上の歳月が必要となる。それは常識であったのだが、本間造船中佐はそれをブロック工法で二ヶ月にしようとしていた。

「まぁ、どこから数えて二ヶ月かという問題はありますがね。最初に作業を始めたところから考えれば、もっと延びます。

逆に、ブロックができてからの作業は劇的に短縮されますが」

「しかし、どうしていままでブロックで作らなかったんだ？　やはり鉄板か？」

乾艤装員長が言うのは、新型の高張力鋼の話だ。従来、高張力鋼は溶接ができなかった。だから潜水艦などでも、リベットで建造するよりなかった。

それが技研か、どこかの製鋼所が、溶接可能な高張力鋼を完成させたため、建造手法が大きく変わったのだという。

小艦艇にはさっそく活用されはじめたが、リベット止めと溶接では、リベット分の重量の違いから、重心計算を再度やり直さねばならなくなったとも聞いている。

乾はもともと潜水艦乗りだから、限界深度まで潜航するとリベットのあたりから海水の浸水が起こり、居住条件を著しく阻害することも少なからず経験していた。

しかし、溶接であればそうしたことはなく、居住性に大きく貢献するし、潜航深度もプラスになろう。

それが乾艤装員長の認識であったが、本間の説明はやや違っていた。

「新しい高張力鋼がブロック工法を可能としたのは確かです。ですが、それだけではありません。

ブロック工法は高張力鋼なしではできませんでしたが、高張力鋼があれば即実現可能というものでもないのです」

「何かほかにも特殊技術が必要か？」

「特殊といえば特殊な技術ですが、むしろそれは意識の問題というべきでしょうな」

「意識？」

そう言う乾に、本間はブロックとブロックの接合部を見せる。

「このブロックは太平洋側の造船所で作りましたが、こちらは舞鶴海軍工廠で建造しました。ディーゼル主機の設置は技術が必要なので。ここを見てください」

本間はパイプを指さす。

「ブロックとブロックをまたいでこのパイプは連結していますが、これを可能とするためには何が必要か？」

「工作精度か。どこで製造しても図面通りに作るという」

「それはその通りなのですが、より重要なのは、図面の変更を絶対に認めないことです。それぞれの工場が、自分の都合で図面を書き換えては、ブロックを接合することはできません。

このパイプだって、どちらかが一センチずらしただけで接合できません」

「図面の変更を一切認めずか……しかし、それで質はどうなる？　科学技術は日進月歩と言われているだろう。新しい装置や技術を導入するためなら、図面を書き換える自由裁量は与えてもいいのではないか」

乾の予想に反して、本間はその意見に驚かない。おそらく、そうした指摘に何度も遭遇しているのか。

「新機軸の導入は、竣工してからの艦艇でも導入できます。それより重要なのは、数を揃えることです。

少しばかりの改良のために、工期が一ヶ月延びたらどうなるか？　二ヶ月で完成するはずのものが三ヶ月になる。

それはつまり、生産量が三割も減ることにほかならない。一年で六隻できるところが四隻に減るわけですから」

「なるほど……」

「じつは、これには前例があります」

「前例があるのか？」

「阿賀野型軽巡です。あれも軍艦でありながら設計変更を認めなかったことで、量産が可能になりました。しかし抵抗は強かった」

「だろうな」

「ただ、建造中に技術改良の可能性も研究はしています」

「ほう、それは凄いな」

「つまり、ブロックの接合面の設計変更は認めないかわりに、それ以外の機構を改良する。ブロックを接合しても、接合面は一致するので量産に支障はない」

「そして性能は向上か」

「まぁ、あくまでもこれは理屈の上での話です。実際は、そうそう野放図に変えられません。重心の問題とか、油圧、電圧の問題も考慮する必要があるので。

ただ、そういう方向性は検討しています」


彼らが目にしている金属の筒は、完成すれば戊型潜水艦と呼ばれる予定だった。常備排水量は一五六〇トンあり、そのため分類では大型潜水艦の伊号になるが、従来の伊号潜水艦よりはひと回り小さい。

じっさい、設計のコンセプトは艦隊型潜水艦の伊号ではなく、呂号の性能向上による汎用性の高い潜水艦の開発にあった。

これにより従来型の伊号潜水艦と呂号潜水艦の建造は、建造がある段階まで進んでいるものをのぞいて中止・解体され、新造はすべて戊型潜水艦に統一される。

単純に性能をいえば、甲型、乙型潜水艦などのほうが性能は上だろう。

魚雷発射管も多く、水上速力も高速だ。ただし相応に大型である。敵主力艦と渡り合うことも可能だ。

ただ乾中佐にとっては、戊型の新機軸云々はともかくとして、潜水艦として使いやすいものと思われた。

魚雷発射管は艦首に四門、艦尾に二門ある。この点は艦首に発射管を集中させた伊号潜水艦より先祖返りの印象がある。

しかし、乾中佐は艤装員長として、この潜水艦の使いやすさを確信していた。

それは、この潜水艦が汎用性を追求しているためだ。これは、ほぼ艦隊戦一本槍の否定でもある。

そのあたりの事情は、乾中佐にもある程度はわかる。従来型の艦隊決戦の可能性がほぼなくなったこと。一方で、空母四隻の喪失により、海軍軍令部は早急に戦力立て直しに着手しなければならなくなった。

そのため潜水艦戦力の増強が必要だったが、数を緊急に揃えるには戊型の量産が不可欠だった。

もう一つは、良くも悪くも海軍軍令部に潜水艦戦に対する定見がないことだ。確固たる運用方針がないから、方針も変えられる。

乾中佐をはじめ、海軍の潜水艦乗りというのは特殊な人間だった。

多くは海軍水雷学校で技能を学び、それから海軍潜水学校で潜水艦を学ぶ。つまり、潜水艦乗りの養成には入念な時間と手間が費やされているのだ。

しかし、これだけ高度な技量を学んだとしても、潜水艦乗りから海軍次官や軍令部総長にはなれない。

日本海軍のキャリアパスとしては、高度な技量を持ちながら、トップには立てない立場なのだ。将来はともかく、現状はそうである。

だから軍令部は戊型の量産を決定したものの、その運用については明確な方針がなかった。そのためいまの海軍潜水艦の運用は、かなり現場の意見が取り入れられるようになっている。

その最大のものが、交通破壊戦が潜水艦運用の中心となっていることだ。それは戊型の設計でもわかる。

乙型、丙型などは艦隊戦を想定して、魚雷発射管を六門とか八門に増強している反面、艦尾発射管は省略されている。

対する戊型は、正面は発射管四門だが艦尾発射管二門は復活している。しかも魚雷は二〇本搭載だ。

さらに、搭載魚雷も高性能な酸素魚雷ではなく――それは既存の伊号潜水艦だけに提供される――空気魚雷や電池魚雷が用いられた。中心は、製造が容易で航跡が見えない電池魚雷である。

これらの魚雷は混在して搭載され、艦尾発射管は空気魚雷である。

電池魚雷も空気魚雷も酸素魚雷よりは性能は低下するが、主たる目標が商船であるなら大きな問題とはならない。

また、これらは酸素魚雷より安価なので、より大胆に使用できた。酸素魚雷の場合、全魚雷発射管で雷撃できたのは主力艦だけで、商船攻撃には一本しか認められなかった。

しかし、これからは商船相手に二本でも三本でも状況により使用できる。

ちなみに艦尾が空気魚雷なのは、後方から攻撃してくる駆逐艦などに反撃するためだ。空気魚雷が航跡もはっきりと敵艦に向かえば、敵は退避せざるを得なくなる。

それで潜水艦は時間を稼ぐのだ。

もともと海軍の潜水艦乗りは伊号潜水艦の乗員も含め、海軍軍令部の考える漸減《ぜんげん》邀撃《ようげき》作戦での潜水艦運用を非現実的と認識し、演習などのたびに指摘してきた。

ハワイからの敵艦隊を追跡するくらいならまだしも、二三ノットの速力で敵艦隊に先回りして敵を襲撃し、それから再び追跡に戻り、夜間に再び先回りして襲撃する。

この戦術を繰り返すために、敵艦隊の速力一五ノットより八ノット速い二三ノットが要求され、開発の過程で自殺者まで出してしまったのだ。

しかし、その二三ノット出せる潜水艦で演習を行うと、駆逐艦等で厳重に警戒された敵艦隊を襲撃することは容易ではなかった。

追跡はできるが襲撃は難しい。むしろ潜水艦は交通破壊戦に投入すべき。それが潜水艦乗りの一般的な意見であり、それが戊型の量産とともに実現しようとしていたのだ。

それでも新しい運用方式が戊型潜水艦からなのは、従来型の伊号潜水艦は艦隊決戦用潜水艦として運用するためだ。

つまり軍令部の潜水艦運用は、本音としては依然として艦隊決戦主義のままであった。交通破壊戦が必要になったが、それに伊号を投入したくないため、既存の伊号を艦隊戦に専念させるため、交通破壊戦用の潜水艦として戊型を使うという理屈である。

それでも戊型に乗るであろう潜水艦乗りたちにとっては、なにより自由裁量が拡大したことが実感できた。

それまでは哨戒線での配置はほぼ固定に等しく、自由な航行にも限度があった。

それが変わった。

自由裁量により命令された特定領域内なら、潜水艦長の自由裁量で機動できるようになったのだ。

これにはある演習での事件が影響していた。その演習では、哨戒線で一隻の潜水艦が発見されたために、哨戒線に並ぶすべての潜水艦が撃沈判定を喰らうという失態を招いたのである。

攻撃した部隊は同じ日本海軍軍人であるから、哨戒線が文字通り線上に展開していることは知っていた。

それでも位置を知っているわけではなく、水上偵察機などを駆使して潜水艦を発見し、全滅させたのだ。

この判定には「米海軍は知らないから大丈夫だろう」という意見もあったものの、それは少数意見であった。

知らないから大丈夫というのは、知られたら全滅ということだ。米軍が知っているのか知らないのかなどわからない以上、知られるという前提で考えねばならない。

こうして「線上に並ぶ」から「面に展開する」へと方針が変わったのだ。ただ、それには別の問題が伴っていた。

2

「潜水母艦のほうはどうなっているのだ、造船官？　それに関しては少しも情報が入ってこないが」

乾艤装員長の質問に、本間中佐は難しい表情を見せた。

「それがなかなか……」

「なかなか？」

「設計案はいくつかあるのですが、いまひとつ絞りきれんのです」

「貴官のように果断な男でも、絞りきれないものがあるのか」

「造船は自分一人でできるものではありません。それに戊型潜水艦の主務者は私ですが、潜水母艦は別の男なので」

「まぁ、そうだろうな。しかし、何が問題だ？　そんなに技術的に難しいのか」

「技術的にはそんなに問題はありません。問題は予算です。潜水母艦にそれほど予算は割けない。それが軍令部、海軍省の意見で」

「予算かぁ……。例えば、いちばん豪華だとどんな設計だ？」

「いちばん豪華な想定は割と平凡です。軽巡洋艦を母艦とする。具体的には、阿賀野型軽巡洋艦を利用する」

「超速射砲のあれか。確かに潜水母艦にするには贅沢すぎるな。ほかは？」

「給兵艦もとぶを量産して転用する。小職としては、これがいちばんだと思っております。物資も運べますし、水偵も多数運用でき、強力な通信機能もある」

「そうだな。洋上で休養するなら、客船的に広い場所がほしいところだ。軽巡ではそこまで余裕はないだろうからな。ほかは？」

「鈴蘭型輸送艦を転用する。これがいちばん安価な母艦です」

「鈴蘭型というと、駆逐艦の転用か？」

「船体はそうです。ただ輸送艦ですので、そこそこの物資搭載量はあります」

「そりゃ、そこそこの物資は積めるだろうが、魚雷はどうなんだ？　それに母艦は飛行機を飛ばしてなんぼだろう。鈴蘭型で飛行機を飛ばせるのか」

「甲型や乙型に搭載している小型水上機を載せるという案があります」

「その様子では乗り気ではないな」

「当然です。鈴蘭型の転用では輸送能力、索敵能力、通信能力、どれも中途半端に終わります。利点は安いことだけでしょう。

　二隻一組という案もありましたが、それなら給兵艦を量産したほうがよほどましです」

「そりゃそうだな。しかし、それなら給兵艦を安く量産するというのはないのか？　溶接でパタパタッと建造するような」

「さすが艤装員長、そういう案もあります。ただ給兵艦もとぶのままとはいかないので、新規設計が必要です」

「なるほどな。しかし、伊号二〇一潜水艦は四隻同時竣工だろう。それで潜水隊が編制されるが、母艦はどうなる？」

「さぁ、そのへんの作戦面については、こちらにも届いていません。

　ただ、ラバウルの同僚が、給兵艦もとぶの無線兵装の強化のために出張しています。戊型がラバウル方面に配備なら、給兵艦もとぶをそのまま母艦とするかもしれません」

「もとぶ型を量産する前に、もとぶそのもので実戦か。なるほど、我々にとっては悪い話ではないな」


本間造船中佐の予測はそのまま予言となった。

戊型潜水艦の最初の二隻は海軍の期待を背負い、入念な検査の後、正式に海軍に受領され、船籍を与えられた。

試験では、戊型潜水艦は予想以上の高評価で迎えられた。

例えば、溶接構造による機密性の高さは、潜航中に漏水し艦内の居住性を悪化させる従来のリベット工法の潜水艦よりも高く評価された。

むろん潜水艦であるから、溶接工法でも空気中の水蒸気による結露は避けられないが、程度のほどはかなり違った。

予想外の副産物は水中騒音の低さだった。

ブロック工法では工作精度が要求されるが、すべての施設がそうした新しい考え方を理解しているとは限らない。

本間造船官らは、すでに阿賀野型軽巡洋艦の建造で、そうした現実を痛切に感じていた。

一方で艦尾のブロックは、ディーゼルエンジンやモーターを収容するブロックはそれぞれ別で、なおかつスクリューシャフトが通過するブロックも別だ。

艦中央より後ろだけで、三つのブロックが必要なのだ。機関部周辺の工作が難しいからこそ、分散して並行で工事を行うことが工期の短縮につながるという理屈である。

それだけ精度も要求されるが、造船官らは数ミリの誤差は覚悟していた。なので、ディーゼルエンジンやモーターの台座は厚いゴム板の上に載せられていた。

ミリ単位の誤差は、ゴムの締め付けで調整するという意図である。前後左右にそれなりの長さがあるので、ゴムの締め付けで誤差は解消できるわけである。

しかし、工作精度の誤差は予想以上に少なく、どの工場も合格点の精度を実現してくれた。その意味では精度不良は杞憂であった。

そして、工作精度の甘さを解消させる目的の、この機関部のゴム板は、機関部から発生する雑音を解消する上で大きな働きを示した。

これは完全に予想外だった。

それは仕方がない事情もある。潜水艦や駆逐艦に水中聴音機なども普通に装備されているものの、海軍に、というより日本社会そのものに、水中音響の専門家が少ないためだ。

ともかく水中雑音の減少の効果は大きく、駆潜艇による模擬戦では、駆潜艇は再三にわたり戊型潜水艦を見失っていた。

特に夜戦の演習では、ディーゼルエンジンで水上を移動している戊型潜水艦を発見できないため、至近距離での雷撃を許していた。

水上航行でも発見されなかったのは、エンジンの違いも大きかった。

既存の伊号潜水艦が水上速力二三ノットの高速を出すために、二サイクルの複雑精緻な大出力ディーゼルエンジンを搭載していた。

それに対して戊型は、船型も小型で造波抵抗も小さいことと、最大で二〇ノットの速力であることと、量産型潜水艦であるため、ディーゼルエンジンもよく言えば堅実な、悪く言えば平凡な四サイクルエンジンが採用された。

エンジン設計をこのようにした理由は、艦艇の量産では主機の量産がネックとなるため、主機についても量産性を重視したからだ。

海軍工廠の造機部でしか製造できないような工芸品的なエンジンでは、戦時の量産艦艇の主機には使えないとの判断だ。

模擬戦における駆潜艇の惨敗は、その性能の低さとして関係者には衝撃を与える一方で、潜水艦乗りたちには交通破壊戦での戊型の威力を期待させた。

そうして戊型潜水艦が伊号二〇一から二〇四までの四隻が揃い、ひと通りの慣熟訓練が終わってから彼らは最初の任地についた。

ラバウルの第八艦隊傘下に第一一潜水戦隊として編組された。昭和一七年一〇月のことである。

戊型潜水艦の運用が従来の潜水艦と異なることは、部隊編成にも反映している。

これは潜水艦部隊の第六艦隊でもかねてより問題となっていたことだが、第六艦隊・潜水戦隊・潜水隊という階層構造が、水上艦艇ならいざしらず、潜水艦では現実に合致していないという指摘である。

潜水隊は、通常は三隻の潜水艦で編成され、潜水隊長が指揮することになっている。

だが現実には、一人の潜水隊長が他の潜水艦を指揮するなど、ほぼ不可能だ。存在を秘匿する潜水艦を指揮官が完全に掌握するなど、そもそも矛盾している。

通信機能の高い潜水艦であれば、まだわからないでもないが、潜水艦の通信機能は旗艦設備のある甲型だって高くない。

そのため第六艦隊内部にも潜水戦隊不要論はあった。

ただ、この問題はなかなか難しい。海軍は公的機関である。潜水艦運用の技術的効率追求だけでは、話はすまない事情があった。

水雷戦隊なら、駆逐艦長と戦隊司令官の間に駆逐隊長というポジションがある。一等駆逐艦の駆逐艦長を中佐で勤めあげ、大佐になって駆逐隊長、そこから少将職の水雷戦隊司令官へとのぼることができる（とはいえ、キャリアパスは必ずしもこの順番ではなく、軍令部出仕とか他部門への異動もあるが、おおむねこの流れになる）。

キャリアパス的には潜水艦乗りも同様で、一等潜水艦の潜水艦長は中佐で、戦隊司令官は少将であり、潜水隊長が大佐である。

だから潜水艦長の次のステップとして潜水隊長を廃止すると、大佐クラスの行き場がない。

水雷戦隊なら大佐のポジションがあるのに、潜水艦ではそれがなくなる。これは、海軍省人事局としても容易には受け入れにくい問題なのだ。

大佐がつく職は、海軍には色々あるのも事実だが、潜水艦は人材育成に手間をかけている反面、特殊すぎてつぶしが利かない面もあるのだ。

しかし、この問題は開戦後の現実が解決してくれた。戦線の拡大と部隊の増設、特に陸上部隊の増設は、大佐クラスの組織管理者の深刻な人材不足を招いたからだ。

特に航空隊で顕著であり、航空隊隊長を務める大佐不足は深刻であった。

それについては、空母など水上艦艇でも航空機に関わりの深い水上艦艇などから分隊長クラスを昇進させ、なんとか急場をしのいでいた。

だがそうなると、今度は水上艦艇部隊で大佐が不足する。この大佐不足を補うために潜水隊廃止の動きが起きていた。

潜水艦だって艦艇であり、魚雷の専門家と考えれば、重巡以下の艦長が務まる。

ともかくつぶしが利かないなどと言っている余裕はない。

こうした背景から、第一一潜水戦隊には潜水隊は存在せず、一人の司令官が戦隊すべての潜水艦を指揮することとなった。

ただ現時点で、第一一潜水戦隊の司令官人事も遅れており、書類の上では第八艦隊司令長官が戦隊司令官を兼任し、給兵艦もとぶの艦長が第一一潜水戦隊司令官代行となっていた。

艦長の大山大佐も副長の久保中佐も、潜水艦の経験はない。もともとが阿賀野型軽巡への補給艦だから、二人とも砲術科の人間だ。水雷屋でさえない。

しかし、これについては給兵艦に急遽、編制された潜航幹部が実務を担当することになっていた。

具体的には、潜航幹部として熊谷中佐が指揮を担当する。艦内編制では、潜航幹部は潜水艦にしか置かれない。

だが、給兵艦もとぶは潜水母艦としての役割を全うするために、形式的な潜水戦隊不在を、潜水幹部を置くことで実質的に実現しようとしていた。

まわりくどいやり方だが、ひと言でいえば、中佐の熊谷に少将の権限を与えて働かせるということだ。

海軍もそのあたりは多少は気を使っていて、伊号第二〇一から二〇四までの潜水艦長はいずれも中佐ながら、熊谷が最先任なのであった。

3

「潜艦長、もとぶから入電です」

通信科の准士官が電文を乾潜水艦長に持参する。通信長は新任少尉の職であるが、いま現在、第一一潜水戦隊の四隻の潜水艦にはそんな人間は乗っていない。

人事的な都合なのだが、そのため掌通信長の准士官が実質的な通信長の役目を担っていた。

「敵の輸送船六隻か。ガダルカナル島か？」

「現在の針路から推測すれば、そうなると思います」

乾は時々こうして部下に質問する。船団がガダルカナル島に向かっていることくらい電文を読めばわかる。

ただ、この潜水艦の下士官以上の乗員たちは、新造される戊型潜水艦の幹部になるだろう。ならば自分で判断し、考える能力が不可欠だ。

乾潜水艦長が、小さなことでも考えさせるのはそのためだ。ある意味、伊号第二〇一潜水艦は学校のようなものだ。

「しかし、六隻というのは中途半端な隻数だな」

それは乾潜水艦長の率直な意見であったが、先任で水雷長の安田少佐は別な意見を持っていた。

「損失分込みじゃないですかね」

「損失込み？」

「六隻出して、二隻は沈むくらいの計算です。激戦地に輸送船を送り出すからには、敵も無傷とは思わないでしょう」

「沈む分も計算に入れて送り出すのか……」

そういう考え方もあるか。乾潜水艦長には馴染みのない考え方だが、安田水雷長の意見もわかる。

ともかく日米ともに決定打が出せていない戦場だ。六隻すべてが無事とは限らない。それくらいの覚悟はいるだろう。

「護衛艦艇はないが、重爆が上空警戒にあたる……ですか」

安田水雷長は電文を前に考える。

「敵は水上艦艇を脅威と考えており、それに対する護衛として重爆を出した。なまじ駆逐艦などを出すより、重爆のほうが効果的ということですか」

「たぶん敵が主として警戒しているのは、第一〇戦隊だろう。巨力な火砲と水雷兵装の欠如。火砲の攻撃を重爆に引きつけるなら、輸送船団への圧力は軽減できる。さらに、前方哨戒も可能となる」

「つまり、我々のことは脅威と思われていないわけか」

「失礼なことにな」

給兵艦もとぶの水偵は、敵重爆に攻撃を仕掛けなかったらしい。まぁ、それが健全な常識ではあろう。

水偵によれば重爆は三機。重爆の航続力を考えれば、三機一組で何組かが順番に警戒にあたるものと思われた。

水偵の存在で、船団の針路変更はなされると思われたが、目的地がガダルカナル島であるなら襲撃は可能と思われた。

「夜間に敵重爆は飛ばないでしょうから、敵が馬鹿でないかぎり船団は最短距離で移動するはずです。

六隻が夜間に揚陸を終わらせたいのであれば、友軍の航空哨戒を避けるため、無駄にできる時間はないでしょう」

安田水雷長の意見は、おおむね乾潜水艦長のそれと一致していた。

それにしたがい伊号第二〇一潜水艦は移動していたが、すぐに給兵艦もとぶからも命令が届く。それは乾潜水艦長らの分析と、ほぼ同じであった。

「これで我々が敵船団を待ち伏せできないとしたら、敵さんはあまりにも馬鹿だということだな」

司令塔で敵船団を待ち伏せながら、乾潜水艦長はうそぶく。

敵を馬鹿にしているわけではなく、ある種の必然を彼は語っている。つまり、敵も味方も限定された状況下での最適解は限られる。

「伊二〇三潜が敵船団を発見しました」

掌通信長が電文を司令塔の乾潜水艦長に手渡す。哨戒長から指揮権を引き継ぎ、いよいよと思っていたが、先に僚艦が敵を発見したようだ。

ただその理由はわかった。哨戒機との接触で、敵船団は予想以上に針路を変更していた。

大きく迂回して直線で進み、直前で再び大きく針路変更を行う。そうした航路は考えられなくはないが、通常は行わない。

水深が極端に浅い場所もあるソロモン海であり、座礁の危険があるからだ。特に夜間はそうだ。

ただ、危険な航路だから敵と遭遇しないという考え方もできる。おそらく彼らは賭けに出たのだろう。

彼らの誤算は、戊型潜水艦の存在と新体制を知らないことだった。

「三隻ずつ二列か」

最初の発見から一時間後には、四隻すべての潜水艦が船団の貨物船を視認していた。ここまではもとぶの指示にしたがってのことだ。

だがここから先は、個々の潜水艦の自由裁量となる。

乾潜水艦長は浮上しながら、接近して攻撃する戦術を選んだ。浮上しながらの照準のほうが命中率が高い。

四本すべてを一度に放って攻撃する方法もあるが、魚雷一本で仕留められるなら、そのほうが都合がいい。

魚雷の搭載量は二〇本。艦尾の二本を除けば一八本。四本一度に使うなら、攻撃可能なのは四回半となる。それが一本であれば一八回は攻撃できる。

あくまでも理論値だが、魚雷を何本使うかはなかなか難しい問題なのだ。

魚雷をケチってすべて失敗するなら、四本使って成功率を上げるべきという考えもあるからだ。このへんは最終的に考え方より腕次第となる。

乾潜水艦長らはあまり意識していなかったが、ドイツの例などを見ても全体の二割の潜水艦が戦果の八割をあげていた。

それはじつは、日本海軍でもそうであることが後々証明されるのである。

貨物船団は警戒はしているのだろうが、自分たちには気がついていないらしい。乙の字運動さえ実行しようとしない。

それよりもいかに短時間で揚陸を終わらせるか、それが重要と思われた。それは船舶から時々光が漏れることでわかる。

灯火管制をしながら作業を行うため、暗幕か何かから、どうしても光が漏れてしまうのだ。

さらに、クレーンか何かの音も船団からは聞こえていた。遠くなら聞こえないであろうが、すでに貨物船との距離は一キロ前後にまで接近している。この距離なら意外に機械音は響く。

それでも敵船の見張りは潜水艦に気がつかない。どうやら甲板での作業に使う照明は、洋上からは確認できないが、船上では見ることができるらしい。

甲板での作業には照明がなければ話にならないからだろう。だが、そのために見張りの夜目は利かなくなってしまった。

むろん彼らも細心の注意は払っているのだろうが、条件の悪さは否めない。

そうしている間に乾潜水艦長は、魚雷発射管室に敵貨物船の諸元を読み取って行く。角度、速度、針路、自分たちとの相対的な位置関係などだ。

そして、伊号第二〇一潜水艦より電池魚雷が一本発射される。

酸素魚雷などと比較すると高速は期待できないが、近距離では大きな問題にはならない。

むしろ近距離用なので、炸薬量は酸素魚雷よりいくぶん多い。一本で勝負することを想定されているためだ。

命中が一本でも炸薬量が大きければ、それだけで致命傷になるだろう。

発射と同時に時計員が時間を計測する。命中予想時刻とともに貨物船が炎上した。

歓声に包まれる艦内。しかし、それはすぐに鎮まる。仕事はまだ終わっていない。

乾潜水艦長が仕留めたのは先頭の貨物船である。先頭の貨物船が雷撃されたことで、後続の貨物船もどこへ針路を取るべきかの判断がつかなかった。

そこへ僚艦の魚雷が命中する。誰が攻撃したのかはわからないが、それはじつに的確な雷撃だった。

二列の船団のうち、乾が狙った列の反対側の列で、最後尾の貨物船を雷撃したのだ。

船団にとっては、これは衝撃以外のなにものでもなかった。

前からも後ろからも攻撃され、どこに退避すべきかの判断がつかなかった。

結局、外側に逃げるしかない。二隻の貨物船は炎上し、ここでようやく潜水艦の姿が見える。

ある意味で当然だったが、戊型潜水艦四隻はいずれも浮上していた。浮上したまま雷撃を仕掛けたか、仕掛けようとしていたのだ。

ただ、三番目の戦果はなかなかあがらなかった。四隻の貨物船は結果的にバラバラに航行することになったからだ。

三隻目の戦果をあげたのは、やはり乾潜水艦長の伊二〇一潜だった。

それはある部分、偶然による。外側に避難しようとした輸送船が横腹を潜水艦の艦首部にさらしたのだ。

絶好の射点である。魚雷発射管には、まだ三本の魚雷があった。

乾潜水艦長は三本をすべて、その輸送船に向けた。距離があったのと、最初の時ほど正確な諸元が計測できなかったためだ。

だから三本を放つ。そうすれば、どれか一本は命中するだろう。

じじつ、船尾付近に一本が命中し、当たりどころが悪かったのか轟沈する。

こうして六隻の貨物船は全滅した。

乾潜水艦長の伊号第二〇一潜水艦が三隻、二隻を伊号第二〇三潜水艦、そして残り一隻を二〇二か二〇四潜水艦が撃沈したが、どちらの魚雷かはわからなかった。

第9章　機動戦

1

「伊二〇一潜と二〇三潜で合わせて五隻か」

給兵艦もとぶの艦内では、潜航幹部の熊谷中佐が報告を分析していた。

「敵船団は六隻で、戦果合計は七隻ですが」

「伊二〇二と二〇四で一隻だ。六隻のうちの五隻を二隻が撃沈してしまったのだ。残りを同時に襲撃したのだろう」

熊谷中佐は、伊号第二〇二と二〇四の戦果にはさほど関心がないようだった。

「敵船団は我々の水偵に発見された後、針路を大きく変更した。伊二〇三潜は敵船団が針路変更すると考え、伊二〇一潜は針路変更してもガ島が目的地なら戻ってくると判断した。

どちらの判断も完全ではないが、ほぼ満足のいく結果となった」

熊谷中佐は、自身もかつて伊号潜水艦に乗っていた。戊型の経験はないが、潜水艦とはどういうものかはわかっているつもりだ。

だからこそ、交通破壊戦についての勉強会を行い、上層部に再三意見を具申した。

その結果が今夜の戦果となった。もっとも、熊谷中佐は楽観はしていない。今日まで意見具申してきたものの、結果が伴わねば元の木阿弥《もくあみ》になりかねないからだ。

「戊型の編入は来月だったか」

「来月二隻のはずです。五と六です」

「ということは、当面は四隻か」

熊谷中佐は壁にしつらえた表示板をにらむ。そこには周辺の海図が描かれており、敵船団や潜水艦の位置がピンで止められている。

「この四隻で戦果をあげるとしたら、どうすればいいと思う？」

熊谷は部下に意見を求める。部下を育てるためというより、自分自身も色々と模索しているためだ。

だから異なる視点があってほしい。そうすればお互いに学ぶことができる。

部下の意見は二つに分かれた。

一つは好成績の伊号第二〇一と二〇三を重点的に支援し、より戦果をあげるというもの。

もう一つは、戦果がふるわなかった伊号第二〇二と二〇四を梃子《てこ》入れするというものだった。

どちらの意見も熊谷中佐には妥当なものに思われたが、もの足りなさは残る。ようするに、それは穏当な意見ではあるが、平凡な意見でもあるからだ。

「しかし、伊二〇一、二〇三潜と伊二〇二、二〇四潜の違いはどこにあるのでしょう?」

一人の海軍将校の発言が、その平凡に見える状況を動かした。

「潜水艦は同時並行で建造された戊型四隻です。なら戦果の差は乗員の差となります」

「そうだろうか」

その意見に別の若い将校が異を唱えた。

「自分は伊二〇二潜の潜艦長を知っているが、ほかの潜水艦より能力で劣っているとは思えん。乗員の練度などについても、極端な違いはないはずだ」

「しかし、現に戦果はこれだけ開いているぞ。それはどう説明する?」

「いや、能力の差という意見は、自分も少し違うと思う」

別の将校も議論に加わった。熊谷中佐としては望んでいる状況でもある。

「戦果に大きな差が出たのは、数が少なかったためではないか」

「数が少ないため？」

さすがにその意見には熊谷中佐を含め、その場の周囲の人間が困惑した。

それを見て件《くだん》の将校が海図の前に立つ。

「襲撃の時点で、敵船団にもっとも近いのは伊二〇三潜、次が伊二〇一潜であり、二〇二と二〇四は、やや離れている」

「位置が悪かったからと言うのか」

「ある意味ではそうだ。もし四隻の能力がすべて等しいとしたら、戦果を左右するのは襲撃時間ではないか？

最初に戦果をあげた伊二〇一潜や伊二〇三潜は、六隻から一隻、五隻から一隻を沈めればよかった。

伊二〇一潜が二隻目を沈めた時点で、残りは三隻だ。距離と位置からいって、伊二〇二潜と伊二〇四潜が襲撃にかかる頃には、船団は三隻にまで減っている。

潜水艦四隻が三隻の貨物船を襲撃する。この時点で戦果があげられない潜水艦が、最低でも一隻存在することになる。

例えば、あとから参戦した二隻が襲撃しようとしていた貨物船が、最初から戦闘を行っている二隻と重なっていたら、わずかの差であとから参戦組は獲物を失う。

だから、わずかの差で伊二〇二潜や伊二〇四潜が先んずれば、これらも戦果をあげることができる。この場合、二隻撃沈は伊二〇一潜のみで、ほかは等しく一隻撃沈となる。

そして、残った一隻を攻撃できる確率は四分の一。そうなると、四隻の潜水艦は二隻撃沈が二隻、一隻撃沈が二隻という結果になる確率が四分の三となる」

説明を受けると、熊谷中佐他の潜水幹部は意外な展開に言葉もない。

確かにそれはあり得るし、数学的には筋が通っている。ただ心情として、どうしても納得できない部分があった。

「なんか騙《だま》された気がするな……」

一人がつぶやくが、それはその場の多くの人間の本音でもある。

しかし、当の海軍将校は当たり前という態度であった。

「こう考えてみてください。敵船が一隻で潜水艦が四隻だった。一隻だけ撃沈できて、残り三隻はオケラです。ならこの三隻は技量で劣っていると言えますか」

「言えんな……何か理論的な根拠はあるのか」

熊谷の質問に彼は答える。

「大数《たいすう》の法則の応用です。輸送船団が六隻程度のごく小規模なものであるから、こういう極端な結果になったわけです。

これが二〇隻とか三〇隻であれば、結果はほぼ均等になったはずです」

「言い換えれば、六隻程度の船団相手に乗員の技量を云々するなということか」

それは貴重な結論だった。技量の差はあるとは思うものの、それはそれほど大きなものではないのかもしれない。

とにかく、六隻全部を撃沈できたのは間違いない。

熊谷中佐は考える。潜水艦の技量が同等であるなら、彼我の比率を調整すればもっとも効率的に戦える。これは第一波、第二波のような波状攻撃を行う上で重要だろう。

逆に、潜水艦ごとに技量の差が大きければどうするか?

その場合は彼我の比率を高めにすれば、集団としてはこちらの弱点は目立たない。

いずれにせよ、技量の巧拙を評価できるのは実戦での結果だけだ。むしろここから先は、技量の差が大きいとしてどうするかを考えるべきだろう。

均等な技量なら、運用にはメリハリは特に必要ない。均等でないならメリハリのある運用を考えねばならない。後者の経験があれば前者の運用は容易だが、逆は成り立たない。

問題は、大数の法則説が正しいなら、現時点で誰の技量が高いのか評価できないことだ。

「ならば次は編成を変えるか？」

どうやら物事は簡単には進みそうにない。それが熊谷中佐の結論だった。

2

昭和一七年一〇月。米太平洋艦隊は、六隻の輸送船団が全滅したとの報告を深刻に受け止めていた。

船団の直接の責任はゴームリー中将にあるのだが、ニミッツ太平洋艦隊司令長官としては、それを他人事《ひとごと》とするわけにはいかなかった。

本来なら、ガダルカナル島に向けての大規模船団の派遣は、すでになされているはずだった。

空母も三隻用意し、サウスダコタ級戦艦二隻も準備を整えていた。だが、肝心の船団について編成が遅れていたのである。

編成が遅れていた事情は前線ではなく、後方にあった。

それは、ガダルカナル島での海戦で船団が壊滅的打撃を受けたことで、船員組合が乗船を拒否したからである。

他の場合であれば、アメリカの世論も船員たちには冷たかっただろう。じっさい、彼らをアカ呼ばわりする論調もないではなかった。

しかし、世論の大勢は船員組合に同情的であった。なぜなら輸送船団が全滅した理由が、フレッチャー長官が空母部隊を撤退させたことにあったからだ。

海軍としてはフレッチャー長官を閑職につけることで、問題は解決したとの認識だったのだが、海軍部内では解決しても、社会的には爆弾を抱えたままだったわけだ。

最終的に、船員組合を船団編成に協力するよう納得はさせたものの、代償として――というより、それは当然のことなのだが――船団の護衛を海軍は最優先することを約束させられる結果となる。

これは、海軍省にとっては解決策ではあったが、米太平洋艦隊司令部にとっては難問だった。

別に彼らも船団を放置するつもりなどなく、ちゃんと護衛するつもりではあった。しかし、海軍省が公的に約束したとなると、話は複雑になってくる。

つまり、日本艦隊が現れたとして、しかもそれを撃破する絶好の機会が訪れたとしても、そう簡単には攻勢には出られないということだ。

攻勢に出て敵を撃破できたら、なにも問題はない。しかし、攻勢に出ている時に船団が攻撃され、犠牲が出たならば、海軍はまずい立場に立たされる。

じっさいには、それはケースバイケースであろうが、リスクなのは間違いなく、作戦を実行する上で掣肘を加えられるのは間違いない。

こういう厄介な状況のなか、ガダルカナル島での将兵の苦境は現在進行形で起きている。だから補給が必要だが、駆逐艦による緊急輸送や潜水艦による隠密輸送は行われていたが、輸送量は貨物船一隻にも満たない。

時にはB17爆撃機による物資投下も行われるが、大半が日本軍の手に渡ったこともあり、この方法は中止された。

そのためゴームリー中将が、自身の責任でオーストラリアの船舶六隻と契約して緊急の物資援助を行った。

機動部隊による船団護衛艦隊の編成が進んでいたことと、マッカーサー司令部からの協力要請があったため、護衛戦力は駆逐艦などではなく、B17爆撃機隊により行われた。

この時のB17爆撃機隊は、銃火器を増設した空飛ぶ戦車的な改造がなされていた。つまり、主として航空脅威に対応したものだ。

爆撃能力もあるので水上艦隊にも対応でき、敵機の攻撃も撃退できる。

これは一つには、この時点における日本海軍潜水艦部隊の活動が不活発であったことも関係していた。

第一〇戦隊による攻撃の印象が強すぎて、脅威度の判定で潜水艦の比重が低く考えられていたのだ。だから潜水艦がいたとしても、爆撃で追い払えるくらいの認識であった。

敵の偵察機と接触した時――それは想定内の出来事だった――船団が大きく針路を変更し、いささか危険な航路を選択したのも、脅威の判定がそうしたものであるからだった。

接触時間から逆算して、B17爆撃機隊による上空警護は夜間であるため不可能となるが、それは敵機の脅威がないことでもある。

そうなると、水上艦艇だけが警戒すべき脅威であり、それは船団の針路変更で回避できる。

したがって、六隻の緊急輸送船団は揚陸時に若干の損傷はあるとしても、補給作戦そのものは成功するものと考えられていた。

ところが現実は、まさかの潜水艦による襲撃と全滅である。

日本軍潜水艦の活動はもちろん大きな問題だった。しかし、それ以上に問題なのは、輸送船団が壊滅した事実である。

幸いにも、オーストラリア側の船員組合はこの件を理由に米軍に協力しないということはなかった。

オーストラリアにとっては、日本軍の侵攻は直接的に自国の独立を脅かす問題であるためだ。

じっさい、壊滅したのはオーストラリアの貨物船団で、アメリカの船団ではない。

しかし、やっと船員組合との妥協が成立し、船団編成に着手している最中でのこの全滅だ。

一応、この件に関しては箝口令《かんこうれい》が敷かれ、アメリカ本国の海運業者には情報は流れていない。

しかし、箝口令を敷いたところで、全滅の情報が関係筋に伝わるのも時間の問題だろう。

だから米太平洋艦隊司令部としては、この問題で船員組合が再び態度を硬化させる前に既成事実を作る必要があった。

「こちらの要求にしたがわない組合幹部は、逮捕すればいいだけではないのですか」

太平洋艦隊司令部内には、そう主張する幕僚もいた。ニミッツ司令長官は、そういう幕僚の意見にも耳を傾ける姿勢は示していた。

じっさいのところ、正面切ってそう主張する幕僚の数は少ないものの、本音ではそう考えているのも多数派ではないとしても、少数派ですませられない程度はいる。

「それでは我々が戦っているトージョーやヒトラーと、なんら変わらないではないか」

ニミッツ司令長官は、公式にはそうして「したがわない組合幹部を逮捕しろ」という意見は退ける。

それは当然である。やっと妥協が成立した案件を、そんな米太平洋艦隊司令長官の不用意な発言でぶち壊しにはできない。

それに、船員組合の幹部を逮捕したから問題が解決すると思ったら間違いだ。事はそれほど単純ではない。

非協力を理由に船員組合を逮捕すれば、それは他の分野にも波及することは明らかだ。それは陸海軍の権限拡大にもつながるかもしれないが、同時に民間からの協力を少なからず損ねることに通じる。

基本的にアメリカの軍需産業は民間の自主性に委ねており、それが生産性の高さを保証している。

だからこそ、軍部が経済界に過度に介入することは、最終的に生産性の低下と、その結果としての生産量の減少に見舞われることになるのは明らかだ。

それに、一部海軍将校の言い分はわからないではないものの、ニミッツ司令長官には、船員組合側の言い分にこそ正当性があると考えていた。

海軍の存在意義は商船の安全確保なのであるから、商船が次々と沈められるような状況を放置してよいはずがない、

日本艦隊を撃破すれば商船の安全は守られるというのは、ある面の事実ではあるだろう。

しかし、それとて最低限度の商船の安全確保を実現してこそ説得力があるのであ

り、全滅が続くようでは説得力もなにもないのだ。

「敵の潜水艦戦力は、どれほどなのだ？」

ニミッツ司令長官は、レイトン情報参謀に強い調子で質《ただ》す。日本海軍潜水艦が結果において自分たちへの奇襲となったことも、ニミッツ司令長官は重視していたからだ。

「通信傍受の分析を急がせておりますが、戦力的に顕著な増強は行われていないようです」

「戦力の増強がないというのか」

「潜水艦の移動があり、四隻がラバウルから他の戦域に移動し、ラバウルにはそれを埋めるように四隻が増強されました。ですから、潜水艦の総数に変化はありません。

ちなみに移動した潜水艦は、いずれも大型の伊号潜水艦で、増援も伊号潜水艦ですので、潜水艦戦力がここに来て著しく増強されたという証拠はありません」

「しかし、現実に敵潜は結果を出し始めている。情報参謀として何かないのか？」

レイトン情報参謀は、持参した鞄の中から一枚の紙片を取り出す。

それはメモ書きで、鉛筆による走り書きであった。報告書にまとめる時間もなかったのだろう。

「一つだけ、従来とは異なる部分があります」

「なんだね、それは?」

「増強された潜水艦について、個艦の識別ができていない。つまり艦名が不明です。艦名が不明なのは、それが新造艦であることを意味します。就役からすぐに戦力化された可能性があります。

しかし、過去の日本海軍の潜水艦運用を見ると、ほぼ同時に四隻を就役させた例はない」

ニミッツ司令長官は、レイトン情報参謀の言わんとするところをすぐに察知した。

「この四隻は伊号潜水艦だが、新型の潜水艦ということか」

「その可能性はあります。これに関連してですが、この四隻の艦名は、同じ伊号潜水艦でも艦名のナンバリングが異なっている可能性があります。

現時点での分析が正しいなら、これら四隻は伊号二〇一から四までの番号がふられている可能性があります」

「それは数字の繰り上がりではないのだな?」

「伊号一九九という潜水艦が存在しない以上、それは繰り上がりではなく、別系統の潜水艦と考えるべきでしょう」

「つまり敵は、画期的な性能の新型潜水艦を開発したのか」

　幕僚の一人の指摘に対して、レイトン情報参謀は首を振る。

「その可能性を全否定するつもりは小職にもありませんが、現状では考えにくいでしょう」

「なぜだ、情報参謀？　現実に船団は全滅したのだぞ」

「長官がおっしゃるように、六隻の船団は全滅した。しかし、その船団はＢ17爆撃機隊に守られていただけで、夜間は駆逐艦すら護衛に加わっていなかった。

　つまり、船団の防備は何もなかった。彼らは非常に脆弱な状況に置かれていた。そして船団は無防備な六隻、敵は四隻の潜水艦。全滅は避けられなかったとも考えられます」

「数の問題は確かにあるだろう。しかし、日本の新型潜水艦の性能をそれだけで低く見積もるのは危険ではないか」

「その点は小職も長官の意見に同意します」

「しかし、高性能艦という意見には懐疑的なのだな。根拠はなんだ？」

「船団からの報告です。いま船団襲撃のための高性能潜水艦を考えるとしたら、必要な性能は何か？　日本が同盟国ドイツの潜水艦戦の情報を共有しているという証拠はありませんが、仮に共有しているとして」

「夜襲をかけるなら、レーダーは必須か」

「そうです、長官。しかし、襲撃された船団の報告を時系列にしたがってまとめると、日本軍のこの新型潜水艦はレーダーを有していない。

　偵察機の情報で、予想針路上に四隻の潜水艦が展開していたのは確かですが、それらは発見した偵察機の誘導であの海域に集結した。

　敵潜水艦は、船団が急激な針路変更をかけたことまでは知らなかった。偵察機の報告にしたがい、狭い範囲で網を張っていた。

　それなのに発見されたのは、船団の目的地がガダルカナル島であることを知られていたためで、いくら途中の針路を変更しても目的地手前では発見されるからです」

「それでレーダーがないという根拠は？」

「敵潜が攻撃をかけてきた時間から逆算して、潜水艦は比較的狭い領域に展開していた。もしレーダーを有していれば、彼らはもっと最適な位置関係で、船団を襲撃できる配置をとることができたはずです。

しかし、現実にはそうはならず、四隻のうち二隻は出遅れてしまった」

「なぜ出遅れたとわかる？」

「最初に攻撃を仕掛けてきた二隻の潜水艦は、浮上したまま攻撃を仕掛けてきたからです。彼らは潜航しての雷撃を行っていません。

潜航状態であるならまだしも、浮上した状態で位置の最適化ができていないなら、それはレーダーを欠いていたと解釈するしかありません」

「なるほどな。しかし、他の面で新機軸があるのではないか？　例えば水中高速潜水艦とか」

「それも考えにくいと思います。例えば、長官が水中高速潜水艦の指揮官だったとして、護衛駆逐艦もない六隻の無防備な貨物船を前にして、浮上攻撃を行いますか？」

「私がもしも新型の水中高速潜水艦の艦長なら、艦の性能を確かめるために潜航して攻撃を行うな……なるほど。

だとすると、敵の新型潜水艦は比較的平凡な性能の潜水艦ということになるが……」

「日本の技術力を考えれば、突然画期的な性能の潜水艦が実戦配備されるとは思えません。

まぁ、四隻同時竣工の前例はないので、技術面の新機軸は潜水艦の性能ではなく、潜水艦を量産するための造船技術にあるのかもしれません。

いずれにせよ、敵潜の性能は従来型と変わらないと解釈すべきでしょう」

「ならば情報参謀、この船団の全滅は六対四という純粋に数の問題だというのか」

「結果においては数の問題ですが……」

レイトン情報参謀は、先ほどの紙片をニミッツ司令長官の前に示す。

「まず、日本海軍の潜水艦運用において、商船団に対する多数の潜水艦運用はなかった。いずれも個艦での襲撃であり、チームの襲撃ではない。

敵潜が四隻集まったというのは、数の問題というより、数の優位を確保するための運用の改革と解釈すべきでしょう」

「日本がドイツ式の群狼戦術を実行しはじめたというのか」

「現下の状況は、それを示しています。証拠はこの分析です。

清書前の鉛筆の手書きですが、じつはこの潜水艦四隻には注目をしており、分析を急がせておりました。結果は手遅れになりましたが」

「以前から注目していた？　なぜだ」

「この潜水艦四隻だけ、組織編成がほかと違うのです。ほかの潜水艦部隊は重層的な階層構造の組織で運用されていました。

これが日本海軍の潜水艦運用を不活発にしていた最大の要因でしょう。我々にとっては好都合でありましたが」

「この四隻は違うというのか？」

「艦隊司令長官が直接、この四隻を指揮する構造になっているようです。今回の事例は、それが影響している可能性も否定できないでしょう」

ニミッツ司令長官にとっては、知りたくもない事実である。しかし、知らないですませられる事実ではない。

それくらいの判断は、太平洋艦隊を預かる人間として理解できる。

「こういう事態になったのであれば、我々の作戦方針も変更を迫られる」

ニミッツ司令長官は言う。

「今次作戦においては、日本艦隊の撃破は作戦目的には含まぬ。まず船団の安全を優先すること。この一点に尽きる。

船団の兵員が上陸した後、敵艦隊について考える。これ以上、同じ間違いを繰り返すわけにはいかぬ」

米太平洋艦隊司令部の意思は決まった。司令部内には、それでもなんとも言い難い空気が支配していた。

3

「船団の護衛を最優先か」

空母三隻を指揮下に置いているスプルーアンス長官にとって、ニミッツ司令長官からの命令は難問に思われた。

そもそもスプルーアンス長官の理解としては、日本艦隊の撃破よりも船団の安全こそ優先されるべきものだった。

ミッドウェー作戦では、日本海軍の空母四隻を撃破した彼であったが、それだけに日本艦隊を撃破することの難しさは理解している。

じっさい、空母ヨークタウンはあの海戦で失われているのだ。

それに冷静に状況を分析するならば、日本海軍の空母部隊を撃破したことも、少なからず彼らの失点に依存している部分が大きかった。

敵がその教訓から学んでいるとしたら――彼らは学んでいるという前提から作戦

の立案は始まる――同じような幸運には頼れない。

むろん、日本艦隊を撃破するために戦力を集結させ、艦隊を動かすならば、それは可能だという自負は彼にもある。

だがそれは、船団護衛の片手間にできる仕事ではない。敵が攻勢に出る前に、こちらから先制攻撃をかけて脅威を取り除くという考え方もあるが、それは博打《ばくち》だ。

結論は受け身に徹するだが、これはこれで強い意志が必要だ。

しかも、空母と水上艦艇部隊を考えていればよかったものが、ここにきて、敵潜水艦部隊の脅威も無視できないという。

スプルーアンス長官にとって、この報告は深刻だった。

水上艦艇と航空隊なら、それぞれ別個に対応できる。速度と距離のスケールが違うから、空母部隊の襲撃に忙殺されているところに敵の巡洋艦などが突入するような状況は、まずない。

哨戒機もあればレーダーもある。水上艦艇部隊が突入する前に発見でき、個別に撃破は可能だ。

仮にタイミングを空母航空部隊と水上艦隊部隊が合わせることに成功したとしても、防空戦闘に攻撃機は関係ないから、こちらの攻撃機で水上艦艇部隊への襲撃は可能だ。

残敵掃討で敵の水上艦艇部隊が現れる可能性はあるが、それとて、残敵掃討を受けるような状況を作らねばいいだけの話だ。

しかし、潜水艦となると話が違う。言うほど簡単ではないとしても、水中と航空からの同時攻撃は十分に実現し得る。

というか、自分たちはそれを前提として作戦を立案しなければならない。これをどうするか？

対潜哨戒と船団護衛を厳重にするのはもちろんだが、それだけでいいのかという疑問が彼にはある。

じつはフレッチャー長官には、すでに考えがあった。だが、それを実行するかどうか、彼にも躊躇いがあったのだ。

躊躇う理由は一つ。それがある意味で、人を馬鹿にしたような戦術であるためだ。

むろん、本当の意味で馬鹿にしているかどうかの判断は微妙だろう。ただ、スプルーアンス長官の価値観では、やはりそれは馬鹿にしているとなる。

なにより当事者には作戦の真意を知らせない点で、フェアとは言えない。しかし、フェアではないからこそ、船団輸送という作戦目的は達成できるのだ。

4

エスプリットサント島に停泊する戦艦サウスダコタと戦艦インディアナにとって、スプルーアンス長官の命令は予想外のものであった。

「戦艦サウスダコタのアレン・エドワード・スミス艦長を指揮官として、サウスダコタとインディアナによりガダルカナル島奇襲部隊を編成する。

本隊の上陸前に島の敵部隊に夜襲を仕掛け、上陸部隊の作戦を支援する」

要するに、ガダルカナル島の日本軍陣地に対して砲撃を加え、抵抗を封じた状況で、友軍部隊が上陸するというものだ。

それくらいの道理はスミス艦長にも理解できる。戦艦二隻に駆逐艦八隻の護衛がつくのも、編成としては順当なところか。

理想を言えばもっとあれば安心だが、船団護衛にも駆逐艦は必要なのだから、八隻というのは健闘したところか。

ただスミス艦長には、作戦の整合性が欠けているような気がして仕方がない。

そもそも島の日本軍を戦艦で攻撃するなら、それで話は終わりではないか？　撃破された日本軍なら、現在のガダルカナル島の米軍戦力でも勝てるだろう。

それとも彼が手にしている情報自体が、まだ不完全なのか？　それはあり得ることだ。司令部以上の情報を艦長が持っているはずもない。

ただ一点、彼は命令にいささか不気味なものを感じていた。

「可能な限り対空機銃等の増設を整備すること」

5

北村少将指揮下の第一一戦隊がラバウルに碇《いかり》を降ろしたのは、昭和一七年一〇月のことである。

第一〇戦隊がソロモン海での激戦の後に、九月末に日本に帰還するのと入れ替わる形での移動である。

第一〇戦隊は定期的な整備にはやや早いが、超速射砲を酷使したことによる調整作業や実戦におけるデータ収集の意味もある。

また、突貫工事で実用化を迎えた対空見張電探を、四隻すべてに装備するための緊急工事という目的もあった。

対空戦闘能力に秀でた阿賀野型軽巡洋艦であればこそ、電探を装備する意味もまた大きい。

試験的には阿賀野一隻に搭載されていたが、それだけでも大きな戦果につながったという実績からも、これは当然と思われた。

そして改阿賀野型四隻の第一一戦隊は、大淀、仁淀、伊吹、生駒の四隻のうち、大淀と仁淀だけだが同じ電探が装備されていた。

さすがに艦隊編組の関係もあり、四隻すべてに工事を施す時間的余裕はなかった。

「君らの到着を待ちわびていたよ」

三川司令長官は北村少将らを歓迎してくれた。ラバウルでそのための宴を催してくれたほどだ。

「この一週間ほどは、夜もおちおち寝られなかった」と言う幕僚もいた。

要するに第一〇戦隊が去り、第一一戦隊が現れるまでの一週間、ラバウルには阿賀野型も改阿賀野型も一隻もいない状態だった。

それだけに敵機への備えが手薄になったという理屈だ。

それは話半分で、誇張ももちろん含まれていただろう。しかし北村司令官にとっては、その期待は嬉しくもあり、重圧でもある。

改阿賀野型軽巡は超速射砲による砲塔を、阿賀野型より多い四基装備していた。

つまり、砲火力は阿賀野型より三割以上強化されていることになる。

戦隊で考えるなら、第一〇戦隊より軽巡一隻ぶん多い計算だ。

むろん、しわ寄せもある。北村少将からすれば、それは艦載機数だ。阿賀野型なら最大で六機だった艦載機が、改阿賀野型では二機になる。

それは仕方がないことで、二機でも大きな不都合はない。弾着観測ならこれでも可能だ。

ただ、阿賀野型が最大六機の水偵を載せていたのは、しかるべき根拠がある。

海軍の水偵はそれなりの武装と同時に、爆撃能力を有していた。

だから第一〇戦隊の六機かける四隻の計二四機の水偵隊は、空母の攻撃隊にほぼ相当する戦力であり、状況によっては補助的な航空隊として、敵艦隊なり船団なりを攻撃するという運用が考えられていた。

それが二機となれば、戦隊全体でも八機、航空戦力としてはかなり心許《こころもと》ない。

もちろん水偵で爆撃などを行うことが、今日の航空機の発達を考えると妥当な戦術かどうかという問題はある。

しかし、それでも二四機の水偵戦力は無視できないし、海軍航空技術廠なども、こうした可能性の追求を捨ててはいない。

この点では、第一〇戦隊の持っていた汎用性を失う代償が、第一一戦隊の砲火力の増強と言えた。

「ガ島の攻防戦は、この一ヶ月が剣《けん》が峰《みね》となるだろう。敵が大規模な攻勢に出たところでそれを叩いたなら、勝敗は一気に我々の勝利へと傾くはずだ」

酒も入っているためか、三川司令長官は上機嫌であった。

しかし、主賓である第一一戦隊の北村司令官には、その「大規模な攻勢」の意味がわからない。

当惑していると、下戸《げこ》の先任参謀の大林大佐が説明してくれた。

「ざっとまわった範囲ですが、司令官、どうやら敵は戦艦を伴う大規模船団を編成するようです」

「戦艦を伴う……空母は？」

「第八艦隊の敵信班やGFの敵信班も、そこは慎重に探っているようですが、どうもはっきりしないようです。常識で考えれば、空母を出さないはずはないのですが……」

「空母を出さないから戦艦を出す……とも解釈できるな」

「できます。ただ乾坤一擲《けんこんいってき》の上陸作戦で、空母を出し惜しみするとは考えにくいのですが」

「しかし、戦艦の存在は確認できるのに、空母の存在は確認できないのだろ？」

「そうなんです」

「八艦隊司令部は、どう考えているんだ？　空母が来ると考えているから、我々をこれほど歓迎しているのではないのか」

「それなんですが、どうも最近、第一一潜水戦隊が敵の小規模船団を全滅させたようです」

「第一一潜水戦隊？　あまり耳にしたことがない部隊だな」

「自分も詳しくは存じませんが、新型潜水艦で編成された部隊のようです」

「あぁ、戊型か。呉で噂を聞いた。溶接で量産するとかいうやつだな。それで？」

「船団を全滅させられたので、アメリカは準備が整わないうちに補給部隊を送り込まねばならない状況にある。だから船団が近いうちに編成される」

「だから空母が手配できない敵は戦艦が出てくるというのか。なるほど」

とはいえ北村には、いまひとつしっくりこない話であった。

船団編成が前倒しになり、準備が整わないのはまだわかる。それでも空母の手配がつかず、戦艦だけが調達できたというのは、いささか疑問だ。空母が駄目なら戦艦だって駄目ではないのか？

別に戦艦一隻、空母一隻でも護衛の任は果たせるだろうに。

「八艦隊としては戊型潜水艦が四隻しかないなかで、敵大規模船団を壊滅させるには、我々の超速射砲しかないと考えているようです」

「ソロモンでは、第一〇戦隊が船団を壊滅させたらしいからな」

そのあたりで、北村司令官も自分たちへの期待の背景は理解できた。

激戦を続け、戦果をあげているラバウルの第八艦隊ではあるが、その水上艦艇の編成は必ずしも強力とは言い難い。

旗艦こそ重巡鳥海ではあるが、他は駆逐艦に旧式の軽巡などで有力艦艇がない。

成り行きで編組された第一〇戦隊の阿賀野型軽巡だけが、強力な軍艦と言っていい。

大規模船団を攻撃するとなると、阿賀野型や改阿賀野型なしでは、第八艦隊にとってもその攻撃は容易ではないのだ。

宴も終わり、翌日には第一一戦隊は配置についている。

必勝の精神でと言いつつも、現状は受け身である。敵の大規模船団が現れなければ、第一一戦隊にしても出番はない。

だから実戦を想定した訓練を行う。敵信班は空母はいないという分析であったが、だからと言って、対空戦闘を疎かにしていいわけはない。

エスプリットサント島から敵重爆部隊が飛んでくることも十分あり得る。先の全滅した船団でさえ、昼間はB17爆撃機隊が警護についていたというではないか。

だから訓練の中心は対空戦闘となり、なかでも新型電探の戦術運用が中心課題となった。

「やはり噂通り測距性能は正確ですが、角度分解能が甘いですな」

大林先進参謀は、訓練に立ち会う北村司令官に言う。

「まぁ、電探で射撃を行うわけではない。高度も電探ではわからんからな」

演習はブーゲンビル島の南方、ショートランド島方面で行われていた。航行訓練も兼ねているためだ。

特に島嶼帯での電探の性能低下などが第一〇戦隊などから報告されており、それを確認し、戦術を立てるという意味もあった。

しかし、彼らはすぐにここが戦場という現実に直面させられた。

「東方より航空機編隊。大型機と思われる。距離五万！」

第一一戦隊の大淀と仁淀の電探がそれを捉えた。

真っ直ぐに自分たちを目指しているように思えたが、多分それは誤解であり、ラバウルを攻撃するためのランドマークとしてショートランド島が利用されていると思われた。

すぐに訓練中の水偵に対して、敵編隊の正体を確認するよう無線が飛ぶ。

戦隊には八機の水偵が搭載されているが、じっさいに飛行していたのは大淀の一機と仁淀の一機のみであった。

そのなかで大淀の水偵が、もっとも敵に近かった。

敵編隊に水偵を向けるというのは、かなりの決断が指揮官には要求される。相手が空母航空隊なら、確実に戦闘機を伴い、それに水上偵察機が接近すれば高い確率で撃墜されるからだ。

偵察機が部隊の目であるなら、その目を潰すのは常識以前の話であろう。

北村司令官もそのことは承知で接近を命じたが、彼には彼なりの計算がある。

それは電探を信じる限り、相手がＢ17爆撃機隊だけであることだ。エスプリットサント島からラバウルに向かうなら護衛戦闘機はつけられない。

戦闘機を伴わないならば、水偵の安全も図ることができる。

もちろん、B17爆撃機にも対空火器は装備されているが、あれは自分らを攻撃する戦闘機用であり、爆撃機の側から積極的に水偵を攻撃してくるような武器ではない。

だからよほどのことがない限り、水偵がB17爆撃機に撃墜されることはないはずだった。

じっさい、北村司令官の読みは当たる。二〇機のB17爆撃機隊がラバウル方面に向かっている。

北村司令官はラバウルに対して緊急電を入れるとともに、隷下《れいか》の巡洋艦群に対空戦闘を下命する。

「ラバウルの防空隊に任せないのですか」

大林先任参謀の意見は北村司令官にもわかる。

敵爆撃機隊は、現在位置ならまず自分たちを発見することはないだろう。無理に戦おうとしない限り、戦端は開かれまい。

大林先任参謀が敢闘精神に欠けるとは北村も思っていない。大林が考えているのは別のことだ。

敵部隊との本格的な戦闘を控えているいま、零戦隊で対処できる案件にかかわって損傷でも受ければ、今後の作戦の成否に関わる。

つまり大林先任参謀にとっては、大事の前に小事にはこだわるなということだ。

じっさい、ラバウルの零戦隊もB17爆撃機に関しては結果を出している。零戦三二型を重武装化し局地戦として用いる――そのためか、この機体は零戦四二型ではなく三二型乙と呼ばれている――ことで、重爆迎撃に活躍しているという。

それでも北村司令官は、だからこその大事の前の小事と思う。この程度の敵戦力を撃破できずに、大作戦でどれほどの働きが期待できようか。

大林先任参謀も、北村司令官の意図は理解できたらしい。それ以上のことは言わなかった。

「敵重爆隊は散開して接近中！」

それは水偵からの報告だった。

水平爆撃なら密集すべきなのが散開を始めたというのは、偵察機が現れたあとの砲撃を警戒してのことだろう。

それだけ第一〇戦隊の超速射砲の威力が激しかったということか。

ただ、敵重爆部隊が散開して被害を限局しようとしたのは、今回が初めてではない。第一〇戦隊も経験したことで、彼らも対策は色々研究していた。

その研究は文書の形で第一一戦隊にも届いている。北村司令官が訓練していたのもそれである。

「砲戦始め！」

砲術長の命令とともに対空戦闘は始まった。

B17爆撃機隊の散開は、それでも限界があった。無意味に広がっては統制も集団運動もできない。

編隊を維持しながらの散開だからこそ、短時間で陣形を変えられるのである。

そこでまず第一一戦隊は、編隊の先頭に位置するグループに攻撃の照準を合わせた。

それは全体で見れば、ごく一部である。しかし、そこに火力を集中することで、敵重爆への損害は確実に与えられた。

それは第一〇戦隊の実戦の結果によるものだったが、第一一戦隊のそれは、より効果的だった。火力が三〇パーセント以上も増強されているのだ。砲弾密度も相応に高い。

水偵は、すぐに敵編隊の前衛が撃破されたことを告げる。

すると、すぐに次の一群に主砲の照準は切り換えられた。

この戦術は数学的に求められた。敵編隊は全体として密集するのではなく、小グループごとに分散することで被害限局を試みた。

そこで第一〇編隊は、先頭の小グループから順番に火力を集中して撃破する戦術を編み出したのだ。

先頭の一群から攻撃するのは、そうすることで後方の敵軍が前進するまでの時間差により、全体として敵に砲火力を浴びせる時間を長くとるためだ。

結局、命中率が同じなら、敵への損害は戦闘時間に比例する。ならば敵が分散する以上、可能な限り攻撃時間を長くとる必要があった。

そして、小規模集団に砲弾を集中させて撃破すれば、敵を無力化する時間は短時間ですむ。

そうして攻撃目標を順次切り替えるなら、より多くの敵編隊を撃破できるという道理である。

ただそうではあっても、敵軍が分散した効果はやはりある。相手がどのように散開するかによっては、攻撃が間に合わない小集団も出てくる。

だが第一〇戦隊の結論は、それはそれで構わないというものだった。数学的な分析では、いまの戦術がもっとも敵編隊に損害を与えることになる。

そもそも過去の全滅が奇跡みたいものであって、それを常に求めるほうが無理というものなのだ。それよりも、より多く敵に打撃を与える戦術こそが重要だ。

この第一〇戦隊の戦術は、確かにいま多大な効果をあげていた。砲火力が大きい改阿賀野型軽巡洋艦の真価が発揮された形だ。

後方のＢ17爆撃隊から見れば、編隊は前方のある一線を越えたら破壊されるように見えた。

それは彼らの主観であるが、最前列から攻撃するという戦術を、攻撃される側の視点で見ればそうなるだろう。

それでもＢ17爆撃機隊は全滅には至らなかった。一二機を撃墜か大破されたが、まだ八機が残っている。

彼らは大打撃を受けた時点で、大幅に針路変更を行ったのだ。

大きく迂回したその行動は、大淀や仁淀の電探でも確認された。

しかし、さすがに射程外であったので、第一一戦隊は砲撃を止め、電探の結果だけをラバウルに報告し、水偵を回収した。

前進を続けたこのＢ17爆撃機隊は数を大幅に減らしたため、迎撃戦闘機隊に痛打された。曲がりなりにもラバウル湾内に爆撃を成功させたのは四機、エスプリットサント島に帰還できたのは二機だけだった。

なお、この爆撃による被害はなかった。

第10章　出　撃！

1

戦艦サウスダコタとインディアナが護衛駆逐艦八隻を伴い、エスプリットサント島を出撃したのは深夜であった。

航程としては、直線でガダルカナル島には向かわず、一度南下して時間調整の後に深夜にガダルカナル島に到達する。

だから本隊が出撃するのは明日以降になる。船団が出動し、さらに空母部隊が出動する。

船団を空母部隊が警護するが、両者は別行動になる。それは当然で、空母が船団を守るのは航空隊を用いるからで、軍艦としての空母が近くにいてもあまり効果はない。

むしろ船団から離れているほうが、色々と自由度は高いのだ。

スミス艦長は、それでもいまひとつこの輸送作戦の全容をつかみかねていた。何か整合性が感じられないのだ。

「我々は船団への攻撃を弱めるための囮ではないのか」

スミス艦長には、その可能性がどうしても頭から離れない。

米太平洋艦隊にとって貴重な戦艦戦力を囮に使うというのは、常識から言って考えにくい。

しかし、船団を戦艦に護衛させるならまだしも、それを分離し、先行して敵を攻撃するという作戦には、何か不自然さを覚えてしまうのだ。

むろん考え過ぎなのかもしれない。よしんば陽動としても、ガダルカナル島の日本軍攻撃が陽動であり、戦艦を囮ということはやはり違うのかもしれない。

スミス艦長は、そう自分を納得させる。

「情報がもっとあれば、より的確な判断が下せるものを」

スミス艦長は、情報が限定的なのは作戦の秘匿性を高めるためだと信じていた。

それ以外の可能性は彼の思考の中にはなかった。彼は味方を信じていた。

2

「どう思う、副長?」

給兵艦もとぶの大山艦長は、回収した通信筒の文面を目にして首をひねっていた。

「敵信班の情報だが」

「戦艦部隊が上陸作戦のため、ガ島砲撃に出撃中ですか。おかしいですね」

久保中佐もそれは同意見だった。

「君もそう思うか?」

「敵信班を馬鹿にしているわけではありませんが、敵戦艦部隊の動きがわかって、なぜ敵船団についての情報がないのでしょう? 上陸作戦を行うようですが、戦艦との関係がはっきりしません」

「それだな」

「敵は空母も投入するという事前予測もありました。しかし、空母の動向も不明です。真珠湾にいるのかどうかもわかりません」

「明らかに情報にかたよりがあるな……」

「罠でしょうか」

「かもしれんが……何の何に対する罠だ？」

不自然さは十分にわかるのだが、問題はこれが罠としても、罠の意図がわからないことだ。もちろん、意図があからさまでは罠としての価値はないが。

戦艦を囮としてこちらの戦力をそちらに向かわせ、その間に本隊が策動する。単純に敵の意図を考えれば、そんなところか。

しかし、いまの米軍に戦艦を囮にする余裕があるとは思えない。

戦艦を囮にするからには、本隊はそれ以上の価値あるいは重要度のあるもののはずだが、そんなものがあるのか？

空母はもちろん考えられるが、戦艦を囮にして空母を守るというのも極端すぎる。

何かしっくりこない。

「あるいは……」

「なんだ、副長？」

「我々が、敵戦艦を撃破するつもりで空母部隊を出動させたら、そこで待っていたのが空母部隊だった。

こういう筋書きなら、戦艦部隊の行動だけが意図的に流されているかのように豊は否めない。

「戦艦という餌をちらつかせているように見えて、じつは空母か……あり得るな」

ミッドウェー海戦以降、天城型空母なども就役しているものの、空母戦力の低下は否めない。

いまここで、第八航空戦隊の空母二隻を撃破できたなら、米軍にとっては戦局転換の大きなきっかけとなるだろう。

そう考えると、いままで感じてきた違和感も確信へと変わってくる。

「しかし、だとするとガダルカナル島への攻撃という話はどうなる？」

「それは空母でも可能でしょう。夜襲を仕掛けずとも未明に攻撃を仕掛けるなど方法はあります。

こちらが敵の罠にかからなかったとしたら、逆にガダルカナル島攻撃を阻止する戦力はいない。そう考えるなら、なかなかよくできた作戦と言えるでしょう」

「確かにな」

大山艦長は自分たちの見解を、あえて第八艦隊司令部には伝えなかった。

自分たちレベルで状況の不自然さがわかるのだから、より多くの情報を入手できる艦隊司令部であれば、同様の結論に至っていてもなんら不思議はない。

あえて新しい命令が出ていないのだから、現状は当初の命令通りでいいのだろう。

この時、給兵艦もとぶはそれまでの輸送任務ではなく、戊型潜水艦の就役に伴う潜水母艦の任務を与えられていた。

これは戊型潜水艦による新しい戦術を実行するためで、多数の水偵を必要とした。そのため従来の五五〇〇トン型軽巡では力不足と判断されたのだ。

給兵艦もとぶは、この時点で八機の水上機を搭載していた。零式水上偵察機が六機と火力を強化した零戦三二型ベースの水上戦闘機二機である。

水上戦闘機は三〇ミリ機銃と七・七ミリ機銃搭載型である。これはB17爆撃機を意図したものではなく、浮上中の敵潜や商船への攻撃を意図していた。

良くも悪くも給兵艦もとぶは、海軍が「一つの籠《かご》になんでも盛る」癖のおかげで、輸送艦として艦内容積は大きく、準水上機母艦として航空兵装と、通信隊の補助として無線設備が充実していた。

潜水母艦として運用した場合、その潜在的能力は高い。そもそも五五〇〇トン型軽巡より船体は大きいのであるから、装備面の充実は容易であった。

「発艦用意！」

給兵艦もとぶは命令にしたがって位置につくと、水偵を発艦する準備にかかる。

まず四機を発艦し、それから時間をおいて二機を発艦する。戦闘機を出してもいいが、もとぶの自衛戦力でもあり、また単座機での偵察はそう簡単ではないのである。

なにより戦闘機がベースであり、偵察機ではない。航続力などに違いがあるので、偵察には使わない方針であった。

専属の航法員などがいるから、偵察結果に信頼が持てる。いくら熟練者でも操縦と偵察を兼務できるほど、いまの軍用機も航空戦も単純ではないのだ。

完璧ではないが、二段索敵により敵艦を見逃す可能性は低い。

給兵艦もとぶにも電探が装備されたので、万が一にも敵空母部隊が接近して来たら、それを通報もできる。

その場合は生還できるかどうか心許ないが、できる限りのことはするつもりだ。

生きる可能性は、そこに生まれる。

こうして、まず四機の水偵が発艦する。

「敵にも我々の存在がわかりますな、艦長」

「そうしなければ、話は進まん」

3

日本軍の偵察機らしい機影を捉えた。

レーダー室からのこの報告を、スミス艦長は冷静に受け止めていた。それは、言わば来るべきものが来たということで、驚くようなことではない。

対空戦闘準備をすぐに命じたが、敵機が自分たちの位置を報告する前にそれを撃墜することは、まず不可能だ。

自分たちは発見され、敵が動き出す。問題はどういう敵であるかだ。

「現在の針路で向かうなら、敵は我々がブリスベーンに向かうと判断するはずです」

航海長の意見を耳にしつつ、スミス艦長は別のことを考えていた。

いま現在の針路はそうであるが、現在位置からしてそれはどうなのか？　エスプリットサント島からブリスベーンに向かうのであれば、現在の位置にはいない。

結局、自分らの意図を見抜くか見抜かないかは敵の判断ひとつだ。

さらに、攻撃を仕掛けてくるかどうかも敵の胸ひとつ。

適切な戦力がないなら、攻撃を仕掛けてはこないだろう。戦艦二隻を相手にするからには、相応の強力な艦隊であることが求められる。

だから、自分たちをこのまま通過させることは考えられる。艦隊司令部の意図がそこにあるとしたら、確かに賢明だ。

しかし、日本軍が自分たちを発見して何もしないというのも考えにくい。そもそも偵察機が飛んで来るということ自体、敵がそれなりの軍艦を展開している証拠だ。

一応、敵機が接近中との報告をしてみるものの、空母部隊からの返答もない。おそらく迎撃機も出ないだろう。なんといっても遠すぎる。

目視で敵機が確認できた時、それが空母艦載機ではなく水上偵察機であることに、戦艦サウスダコタの艦内では、ほっとした空気が流れた。

水上偵察機ということは、相手は空母ではない。巡洋艦か戦艦だろうが、少なくとも日本海軍はこの方面に戦艦は展開していない。

ならば最大でも重巡であり、重巡で戦艦は沈められない。巡洋艦と戦艦の力関係とはそういうものだ。

問題は、水偵とは別に空母部隊が展開している場合だが、これについては情報がない。司令部からも「空母注意報」のようなものは出されていない。

日本軍空母が本当にいないのかどうか、それはスミス艦長がもっとも気になる点だ。

しかし現状では、司令部からは「存在は確認されていない」というつれない返事しか届いていない。

となればスミス艦長としては、艦隊司令部の能力と善意を信じるしかない。

幸い、日没までそれほど時間はない。水偵を追い払うか撃墜し、日没とともに針路を変更する。

敵が明朝、この方面を重点的に探してくれればくれるほど、自分たちの安全は高まる。

「案外、この作戦はうまくいくのではないか」

スミス艦長は違和感が先にあったために、成功したらどうなるという視点はなかった。

しかし、ガダルカナル島砲撃が成功することのメリットは大きい。島の占領に寄与することはもちろんだが、戦艦の奇襲を受けたことは、日本海軍にとっては深刻な問題だろう。

そうなれば、否応なく哨戒体制を見直さねばならなくなる。それだけ攻勢にかける戦力が減るわけだ。

「となれば、いかに敵に発見されないかが鍵か」

ほどなく水偵に向けて八隻の駆逐艦と二隻の戦艦による対空戦闘が始まる。

それは戦艦の主砲が使われないだけの、激しい砲火力であった。

そのため水偵は特に接近することなく、もとの方向に戻っていった。むろん、その延長上には母艦はあるまい。敵もそれくらいの判断はできるはずだ。

「とりあえず、第一段階は終わったな」

4

給兵艦もとぶの水偵の「戦艦二隻、駆逐艦八隻発見！」の報告は、第八艦隊司令部を少なからず驚かせた。

通信傍受から解読した現場部隊の暗号。それは機械式暗号ではなく、暗号表による比較的単純なものだった。

強度が強い機械式暗号でも、通信量が増大すれば解読の糸口を与えてしまう。一ヶ月二ヶ月と長期間の秘匿が必要な暗号ならそれでいいが、「三〇分後に攻撃する」

程度の暗号なら一時間もてばいいのである。

敵信班が傍受したのはその弱い暗号で、それは船舶の出動準備に関するものだった。おそらくは船団の。

それらを解読し、総合的に判断すると、上陸作戦の支援のために戦艦二隻がガダルカナル島を砲撃するという結論になった。

それは商船暗号の増大などでも裏付けられたが、戦艦部隊と船団の関係が判然としない。

常識的には、戦艦がガダルカナル島を砲撃し、その火力支援の中で大兵力が上陸するとなる。

この解釈なら、戦艦と船団は行動を共にしているはずである。ところが、この二つは別行動とも解釈できる情報もあり、そこは疑問となっていた。

ただ、やはり船団と戦艦は行動を共にしているという見方が大勢だった。

ところが水偵は、戦艦部隊だけの単独行動を報告する。それなら船団は？

給兵艦もとぶの水偵は、周辺海域で船団の姿を確認していない。つまり、戦艦部隊は単独で活動している。

ガダルカナル島への砲撃で日本軍を撃破するというのは、それだけの作戦としては成立し得る。

とはいえ、それなりの危険を覚悟せねばならず、得られる戦果と危険度を秤《はかり》にかければ、作戦の効用には疑問がある。

「待機中の第八航空戦隊に出動を命じる。このまま状況に変化がないならば、必要に応じてこの米戦艦部隊への攻撃を行う」

「必要に応じてですか、長官？」

「上陸作戦と言いながら、船団が見当たらないのは不自然だ。この戦艦部隊はやはり囮なのかもしれぬ。となれば八航戦を投入するのは、まだ時期ではあるまい」

「確かに」

こうして第八航空戦隊の有間司令官に対して、前進命令が出された。

5

「動き出したか」

ニミッツ米太平洋艦隊司令長官にとって、レイトン情報参謀からのその知らせは、待ちに待ったものだった。

「暗号の解読はまだ進んでおりませんが、部隊の識別はおおむねできています。

それによれば、サウスダコタを発見した水上偵察機の報告はラバウルの八艦隊に届き、そこから第八航空戦隊に送られています。同航空戦隊からも返信がなされています。

残念ながら空母の現在位置は不明ですが、状況からサウスダコタに向かっているものと思われます」

「そのサウスダコタを発見した水偵は、どこから発進したのか？」

「なんらかの艦艇から発艦したのは間違いありません。水偵が発艦できるので大型軍艦でしょう。

ただ、この軍艦の正体は不明です。通信分析からすれば、潜水艦との接触が多いので潜水母艦と思われます。

例の新型潜水艦を束ねている母艦です。日本海軍は潜水母艦には五五〇〇トン軽巡を充《あ》てるのですが、どの軽巡なのか、それがわかりません。

ラバウルにそんな艦が入港したという報告もありませんし」

「ラバウルを経由しなかった、それだけのことではないのか」

「その可能性はありますが、新型潜水艦が八艦隊司令長官の直接の指揮下にあることを思えば、この潜水母艦がラバウルに入港しないのは不自然です」

「まぁ、それはいいだろう。なんであれ、五五〇〇トン型軽巡だ。よもや阿賀野型ではあるまいな？」

「阿賀野型の戦隊は、ショートランド島周辺に展開しているので別ものです」

「なら、その軽巡のことは忘れよう。重要なのは、サウスダコタとインディアナに対して敵空母が動き出したという事実だ。

　敵は我々の空母部隊も船団も、まだ知らない。敵空母に奇襲をかけるならいまだ」

「ですが敵空母の位置までは、我々にはわかっておりませんが」

「それは大丈夫だ。サウスダコタの位置がここで、敵空母がそれに向かっているならば、おおむねこの領域の中に敵空母はいるはずだ」

　ニミッツ司令長官は海図を鉛筆で丸く囲む。

「カタリナ飛行艇をエスプリットサント島から出動させるのだ。ツラギが使えるならツラギからもだ。この領域に空母がいるなら、それを発見し撃破する。それで戦局は大きく動こう」

「スプルーアンス長官には索敵をさせないのですか」

「ここは忍耐だ。敵部隊にはギリギリまで三空母の存在は伏せるのだ。そのためには飛行艇で索敵を行い、空母艦載機は出さない。

敵に空母はいないのだと信じさせられたなら、この勝負は我々の勝ちだ。違うかね？」

6

ツラギの水上機基地は日本軍に痛打されながらも、まだ連合軍の管理下にあった。ガダルカナル島での消耗戦が続いた結果、日本軍はいまだにツラギを奪還できないでいたのだ。

一方で、連合軍側もツラギでの大規模な軍事活動は難しい状況が続いていた。水上機基地として活発に活動すれば、ラバウルなどから痛打されるのは必定だからだ。ただ、活発に活動しない限りは、日本軍もツラギなどに構っていられないという事情もある。

そのためこの時のツラギ基地の役割は、水上機基地とは違っていた。

高速貨物船が深夜に単独で訪れ、各種物資をツラギに揚陸し、物資集積所となっていた。

そして、ツラギからガダルカナル島の米軍陣地まで、小型船舶によるピストン輸送が行われていた。

排水量一〇〇トン程度の小さな船だが、二〇ノット以上の速力が出せて、なにより性能には限界はあるもののレーダーを搭載していた。

このレーダーのおかげで、日本軍艦船の哨戒網を抜けて物資揚陸を続けることができたのである。

むろん、この程度の輸送力で戦局を挽回することはできない。それでも、餓死者が出るような最悪の状況は回避できた。

どうしても食料と医薬品の輸送が優先され、銃弾薬は後まわしになるが、限られた輸送量では割り切るより仕方がない。

そして、そのツラギにはカタリナ飛行艇が一機だが配備された。

水上機基地としての機能を回復するためではなかった。緊急で必要な物資を航空輸送するためなのが一つ。

もう一つは、ツラギ基地が活動していることを日本軍が気がついている節があったためだ。

偵察機がやって来て、爆弾を投下したこともある。むろん偵察規模の爆撃などなんの損害もなかったが、不審を抱かれているのは確かであった。

そこで、物資中継基地としてのツラギの役割を気取られないために、飛行艇を配備する必要があったのだ。

現実に飛行艇の役割はというと、ガダルカナル島の偵察であり、偵察にかこつけて医薬品などを補給することだ。

日本軍もカタリナ飛行艇による医薬品などの補給については感づいてはいるらしい。しかし、積極的には動かなかった。

水上戦闘機の稼働率も低く、それらはB17爆撃機隊に向かうもので、無害――でもないのだが――な偵察機を撃墜するために使う余裕はないからだ。

ただ日本軍陣地上空を飛行すると、対空火器の洗礼を受けることとなった。しかし、それゆえにツラギ基地の補給拠点としての役割は維持されていた。

そうしたなかで、ツラギ基地に届いた命令はいささか当事者には予想外だった。

「敵空母部隊を探し出せだと！」

もっとも、よく考えれば、それこそがツラギ基地の飛行艇が行うべき本来業務なのである。

こうしてツラギ基地のただ一機のカタリナ飛行艇が出撃する。

「全員、警戒を怠るなよ！」

機長が檄《げき》を飛ばす。しかし、この時の乗員数は定数を満たしておらず、飛行するための最低限度の人数を満たすだけだった。

そもそもの目的が、日本軍に対して飛行艇も飛ばしますと装う点にあり、飛行艇基地の飛行艇としては期待されていない。

しかし、上層部には「ツラギ基地・飛行艇一機」とあれば、もうその飛行艇は必要な要件を満たすものと判断されてしまうのだ。

それでも、命令とあれば飛行艇は飛ぶ。定数に満たないだけで、彼らも専門の訓練を受け、十分な技量はあるのだ。

「敵空母に接近したら迎撃されませんか」

「されないように周囲を警戒するんだろうが！」

機内の空気は刺々《とげとげ》しい。

万全の準備をしての出撃ならそうでもないが、準備不足のなかで、いきなり危険な任務を申し渡されたのだ。いらだちもする。

だから彼らの希望は、自分たちの担当領域が空振りに終わることだった。それなら本分を尽くし、なおかつ安全だ。

しかし、戦場は過酷である。

銃撃を受けた時、彼らはまったくそれを予想していなかった。ほぼ直上から多数の機銃弾を受けた。

カタリナ飛行艇はそれなりに丈夫な機体であるが、三〇ミリ機銃弾を撃ち込まれては、さすがに無事ではすまない。

「我、敵戦闘機の襲撃を受ける！」

無線手は現在位置と自分たちが奇襲を受けたことを必死で打電する。暗号も何もない。ともかく、この事実を知らせねばならない。

無線手は確かに本分を尽くした。その報告は、確かにニミッツ司令長官のもとにも届いていた。

だが、彼は自分が何に襲撃されたのかわかっていなかった。それが水上戦闘機なのか、艦上戦闘機なのかもわかっていない。ただただ戦闘機と打電した。

そして米太平洋艦隊司令部は、戦闘機を零式艦上戦闘機と解釈していた。

そう、そこに空母がいると。

7

「船団はいないのか……」

乾潜水艦長にとって給兵艦もとぶの水偵からの報告は、いささか予想外のものだった。

事前情報として、戦艦部隊が策動しているらしいという話は受け取っていた。ただそれは、船団と行動を共にするというのが大方の分析であった。

ガダルカナル島を砲撃するというのは上陸支援なのであるから、船団を伴うはずであるという理屈だ。

しかし、もとぶの水偵は船団を発見していない。二段索敵を行い付近を捜索している水偵も、船団を発見できていない。

これは敵軍の作戦が何か特殊なのか、さもなくば、見た通り船団などどこにもないかのどちらかだ。

しかし現実は現実であり、給兵艦もとぶからは、第一一潜水戦隊に対して配置が示されていた。

その配置も、いささか意外なものである。水偵が発見した戦艦の針路の延長ではなく、ガダルカナル島の周辺が指示されている。

水偵や他の情報から給兵艦もとぶの潜航幹部が色々と判断して、それを決めているのだろう。

乾潜水艦長としては、それを疑う理由はない。

それよりも、敵船団を前に一大交通破壊戦を展開しようと思っていた自分たちが、敵戦艦部隊襲撃に駆り出されるとは思わなかった。

さすがにこの戦闘では、戊型潜水艦以外の伊号潜水艦も投入されるらしい。確かに四〇センチ砲搭載のサウスダコタ級二隻となれば、あるだけ投入するだろう。

ただし、それらはもとぶの指揮下にはない。艦隊司令部経由で水偵の情報を得ることができるだけだ。

だから集団で動けるのは、第一一潜水戦隊の戊型四隻だけだ。

じっさいのところ、乾潜水艦長は僚艦を含め、他の潜水艦がいま現在どこにいるのか知らないし、知る術《すべ》もない。

それに、そうした増援がどこまで戦力になるのかにも若干の懸念がある。

なぜなら戊型と入れ違いに日本に戻ったのは、ラバウルに配備されていた潜水艦戦力の中でも甲型や乙型などの新鋭艦で、残置されているのは伊号でも古い巡潜型や海大型だ。

艦齢が古いから、最大潜航深度も六〇メートル前後に低下している。そうした潜水艦では、できることも限られる。

発射管の数や備砲の省略では、戊型はそれらと同等か見劣りするように感じられる部分もある。

しかし、目に見えない部分の改善は決して少なくないのだ。表面的なスペックだけで潜水艦は語れない。

命令された配置に、伊号第二〇一潜水艦は時間までに到達できた。戦艦部隊の予想針路から見れば、名もなき小島を背景とするような位置だ。

そこは給兵艦もとぶが偶然発見した島嶼である。海図に記載もないような小さな島なのだが、島というより崖の先端のような場所だ。

だから島の海岸は断崖だが、それはそのまま海底へと通じている。海洋の浸食で標高の低い島に見えるため、近づけば座礁しそうに思える。

しかし崖なので、島にかなり接近しても座礁の心配はなかった。

島嶼に近づけば水深が浅いから、潜水艦は活動できないと敵が信じている時、この場所は攻勢拠点にも避難場所にもなる。

配置についた時点で乾潜水艦長は、自分たちは敵を痛打できると信じていた。それは二度ほど、敵の水上偵察機を目撃しているからだ。

幸いにも、敵機の飛行経路が自分たちの後方を横切るような形であったり、雲量が多いことなどから、発見される前に潜航可能だった。

しかし、重要なのはそのことではない。偵察機が飛んでいるということは、攻撃目標である敵部隊が接近していることを意味する。

敵戦艦には電探が装備されているというから、水偵は敵戦艦の一〇〇キロ以上は向こうになる。

一〇〇キロというのは、当初、もとぶの水偵が発見した敵部隊の針路ではあり得ない数字で、つまり敵は変針したわけだ。

敵がかなり接近したと思われる時刻、乾潜水艦長は哨戒長から指揮権を引き継ぎ、自らが艦橋に立っていた。

「微速前進」

乾潜水艦長は敵が予想針路を移動しているなら、真正面に見える位置に占位《せんい》する。

彼が知らなかったこと。それは、彼らはすでに戦艦サウスダコタのレーダーの有効範囲ギリギリに位置していたことだ。

ところが島嶼を背景としているため、まだ分解能が低いこの時期の米海軍のレーダーでは、伊号第二〇一潜水艦の存在は探知できないというよりも識別できなかった。

だが、そもそも彼らはそんなことは気にしなかった。レーダーは別のものを捉えていたからだ。

伊号第二〇一潜水艦から見て前方の空が明るくなった。駆逐艦か何かが星弾を打ちあげたのだろう。

乾潜水艦長は、すぐに双眼望遠鏡をその方角に向ける。確かに、何か大きな船のシルエットが見える。あれがサウスダコタ級戦艦か？

しかし、乾潜水艦長はいくつもの光が水中に生じるのを目にした。

水中で発光し、そのまま水柱として昇る。それは爆雷を投下したことによる水柱だ。つまり、対潜作戦が始まっている。

自分たちの戦隊の潜水艦か？　だが、それは違うような気がした。

なぜなら、自分たちは給兵艦もとぶの電探を用いて、電探に捕捉されない襲撃法を研究していたからだ。

もちろん浮上すれば探知されるのだが、それを前提に駆逐艦の動きを読むなら、逃げ切ることは可能だ。

むしろ駆逐艦を遠くに引き離し、その間に別の僚艦が潜航しながら駆逐艦の穴から侵入するようなことも研究されていた。

敵との距離を考えるなら、あの位置で攻撃されるとはいささか迂闊すぎる。

「やはり違うか」

爆雷攻撃で損傷を受けたのか、潜水艦は浮上してきたらしい。

そこで潜水艦は、備砲で駆逐艦に対して砲撃を仕掛けていた。砲撃を仕掛けるたびに海上に潜水艦のシルエットが浮かぶ。

それは遠目にはやはり海大型のように見えた。

砲弾の何発かは駆逐艦に命中していた。それだけ至近距離での戦闘なのだろう。

駆逐艦からも火災が発生していたが、砲戦自体はすぐに決着した。駆逐艦の砲弾が潜水艦の船殻《せんこく》を貫通し、艦内で爆発したためだ。

これによる破口で予備浮力の少ない潜水艦は、急激な浸水により艦首部が急激に重くなり、乾潜水艦長が見ている間に、スクリューが見えるほどの角度まで傾斜し、そしてそのまま海中に没した。

島嶼は近いが深度の深い海だ。潜水艦はほぼ垂直に近い状態で、海底に向かって落下して行った。

「急速潜航！」

乾潜水艦長は命じる。各部門が連携して動き出し、傾斜しながら深度一五メートルまで潜り、そこで水平になる。

潜望鏡を出して周囲を確認する。海大型は乾潜水艦長から見れば、無造作に敵に接近しすぎていたと思う。

酷《こく》な言い方かもしれないが、潜水艦長の判断が無造作であるばかりに、一〇〇人近い人間が死んでしまうのだ。それは乾潜水艦長の自戒でもある。

「さて、仕事にかかるか」

8

「キャシアスの消火は、まだかかるのか！」

戦艦サウスダコタのスミス艦長にとって、駆逐艦キャシアスの炎上は許しがたいものであった。

なるほど彼女は敵潜水艦を撃破したかもしれないが、自分たちを危険にあわせてよいわけではないのだ。

「物品庫が燃えているので、鎮火に手間がかかっているようです。それでも二〇分以内には鎮火の見込みです」

「二〇分か」

被弾した駆逐艦は鎮火にあたっているが、まだ消火は完了していない。だから戦艦部隊にとっては松明《たいまつ》にも等しい状態にある。

スミス艦長も、日本軍潜水艦と接触する可能性をまったく考慮しなかったわけではない。

ただ自分たちは敵の偵察機が来た時には、ブリスベーンに向けて航行しているように見せかけており、ここで敵潜水艦に捕捉されるとは思ってもいなかった。

あるいは、あんな小細工は早々に日本軍に見破られていたのか？　あり得ることだ。

ただレーダーによると、周辺にいた潜水艦はいまの一隻だけだ。それは撃沈した。

それでも、敵が無線通信を打電する時間は十分にあり、このまま一撃離脱でガダルカナル島を砲撃するのは、帰路が危険になる可能性があった。

こうなると、ブリスベーン行きの小細工は失敗だったことになる。

いや、小細工がばれているなら、この周辺にはほかに潜水艦が潜んでいるかもしれない。

じつを言えば、潜水艦の発見はレーダーによるものではなかった。それより先に聴音員が、何かが接近してくる音を捕捉していた。

「大馬力のディーゼルエンジンと思われます。二軸推進です」

それは潜水艦と思われた。音そのものは消えたのだが、その方向に針路を微調整するとレーダーが潜水艦の艦影を捉えたのだ。

日本海軍の潜水艦の音は大きいらしい。どうしてなのかは不明だが、聴音員はそう証言する。

だからレーダーにも水中音響にも反応がないなら、とりあえず潜水艦はいないと考えられよう。

もっとも、潜航して待ち伏せされたら、レーダーや水中音響に反応がなくても、敵がいないことにはならない。

ともかく一隻は待ち伏せようとしていたのだから、ここは慎重になる必要がある。

「航海長、このあたりの海図は整備されていないのか」

「あまり正確ではありません。航路帯とも離れておりますし」

「大型艦の航行は可能か」

「既知の岩礁など、航行の妨げになるものは報告されておりません」

「それなら、あの島嶼帯を抜けていくか」

「あの島嶼帯ですか？」

「戦艦の航行が可能であっても、島嶼帯は水深が浅い。潜水艦の活動は無理だ。潜航中の潜水艦なら我々は十分引き離せる。そうして敵潜を無力化する」

「対潜警戒を厳重にしては？」

「ここで敵潜と一戦交える時間的余裕はないんだよ。我々は時間までにガダルカナル島に進出する必要がある！」

　こうして二隻の戦艦と八隻の駆逐艦は単縦陣で進む。

　先頭となるのは、八隻の中でも大型の駆逐艦である。その駆逐艦が航路の安全を確認し、さらに三隻が続く。

　戦艦は四隻の駆逐艦が通過した航路をなぞるように進む。駆逐艦はなにごともないかのように前進する。すべては順調であった。

9

「推進機音接近中！」

聴音員の報告に、司令塔の乾潜水艦長は短時間だけ潜望鏡を出す。

そこには陣形を転換し、単縦陣で自分たちに接近しようとする戦艦部隊の姿があった。

陣形を転換し、自分たちに向かってくる意図は不明だった。発見されたから攻撃を仕掛ける、そういう状況でもないようだ。特別速度を出している駆逐艦もない。

「あの針路では、敵艦隊は島嶼帯の脇を抜けるようです」

「島嶼帯の脇を抜ける!?」

どういう意図なのかわからないが、海大型と戦った後だけに、潜水艦を意識した行動なのは推測がつく。

とはいえ、潜水艦に対して側面積を大きくする単縦陣をとるというのは不可解だ。

それとも、これは何かの罠なのか。

「後ろの戦艦を襲撃する」

乾潜水艦長は決定した。先頭の戦艦を襲撃するには、現在位置は理想的とは言えない。まさか接近してくるとも思わなかったので、伊号第二〇一潜水艦側も十分に対処できない。

そこで、二隻目の戦艦を狙うことにする。

緊張した艦内では針が落ちる音も響く。乾潜水艦長も、従来型の潜水艦では意外にモーター音が大きいことは感じていた。

二〇〇〇トン以上の潜水艦を動かすモーターなのだから、それなりの音は出る。しかし、それは当たり前と思っていた。

だが違ったようだ。戊型潜水艦のモーター音は著しく小さい。いや、モーター音はもともと小さかったのだ。ただ振動が直接船体に伝わり、大きく感じただけなのだ。

つまりこの戊型潜水艦は、従来型の潜水艦よりかなり静音ということになる。もっともそれは、戦果をあげてはじめて証明できることであるが。

乾潜水艦長は潜望鏡を何度か上下して、敵戦艦の正確な距離や速度、深度を読み取る。

四本の艦首魚雷発射管に魚雷が装填される。すべて電池魚雷にする。

そして、ゆっくりと敵戦艦に向けて接近する。

時計を眺め、彼我の位置関係を乾潜水艦長は計算する。酸素魚雷ほど高速ではないが、電池魚雷はそこそこの速度が出る。

機構が単純なぶん、炸薬量を増やしてある。これは商船を一本で仕留めるという意図によるものだが、相手が戦艦なら好都合だろう。

単縦陣で進んでいるため、戦艦の側面の外洋側は無防備だった。

すでに一〇〇〇メートルを切っている。

乾潜水艦長は雷撃を命じた。衝突防止のため、二秒間隔で四本の魚雷が順次放たれる。

彼はすぐに戊型潜水艦に反転を命じる。最大潜航深度に潜り、博打であったが島嶼帯側に向かった。

一時的に敵艦隊に接近することになるが、すでに雷撃のために距離は近いのだ。そして急げば、敵駆逐艦の鼻先を通過して島嶼側に移動できる。

頭上では敵駆逐艦のスクリュー音が聞こえるが、その下を通過するのはかなり胆力が必要だった。

駆逐艦の真下を通過する前に魚雷が命中した。ギリギリまで接近した甲斐があった。

命中は四本。すべて命中した。

駆逐艦の聴音機も近すぎると機能しない。さらに目の前で戦艦が雷撃を受けたことで、伊号第二〇一潜水艦の音は完全に打ち消される。

艦隊は右舷を島嶼側、左舷を外洋側で単縦陣で進んでいたため、雷撃を受けたのは左舷だ。

乾潜水艦長はすぐに右舷側に移動する。敵は左舷側ばかりを捜索すると考えたためだ。じっさい、自分も外洋側から攻撃した。

だから右舷側に逃げ込めば、駆逐艦から襲撃される恐れはない。

もっとも、いざ島嶼側に逃げたことが露呈した時には、伊号第二〇一潜水艦は、ほぼ逃げ場を失うリスクがあった。

天は伊号第二〇一潜水艦に味方したらしい。護衛の駆逐艦は次々と陣形の左舷後方、潜水艦が雷撃したと思われる領域に集中し、盛んに探信音を打っている。

乾潜水艦長は最大潜航深度のまま、ゆっくりと後進する。さすがに断崖絶壁が迫る海中で針路変更はしたくない。

海面の様子はわからない。探信音が消えると、今度は次々と爆発音が届く。どうやら何かを誤認して爆雷を投下しているらしい。

乾潜水艦長はその間に速力をあげて、敵艦隊から離れる。爆雷が海水を攪乱《じょうらん》しているあいだ、水中音響は使いものにならないからだ。

それでも戦艦の船体が破壊で軋《きし》んでいく音だけは、潜水艦にも届く。

船体の一部は海面に没し、水圧で船体が歪んでいるのだろう。爆発音が響いたが、それは高熱を持った機関部に海水が浸入した水蒸気爆発らしい。

しばらくそのまま後退し、そこでようやく乾潜水艦長は潜望鏡深度まで浮上し、戦果を確認する。

戦艦はまだ浮いていた。ただし直立し、艦首部の三分の一が海面に出ているだけだったが。

周囲の駆逐艦は脱出した乗員の救出を優先しているらしい。探照灯が海面を走る。まだ浮いている艦首部には、一〇〇人を超えると思われる将兵が張りついていた。その下にはカッターが救難のために展開している。

そしてもう一隻の戦艦は、駆逐艦五隻のみを伴い反転していた。僚艦を沈められ、これ以上の任務続行は不利と判断したのだろう。

そこで駆逐艦が爆発する。魚雷を受け、二つに折れてしまった。

　おそらく潜水艦は戦艦を狙っていたが、駆逐艦が急に転舵したため、そちらに命中したらしい。

　これで戦艦を護衛する駆逐艦は四隻になった。

　二つに折れた駆逐艦は誰も脱出できなかったのか、カッターがそっちに向かっただけで、僚艦は止まりもしない。

　おそらくいまの雷撃は、第一一潜水戦隊のどれかだろう。

「潜艦長、どうします？」

　先任将校に対して乾潜水艦長は答える。

「距離を置いて追跡する」

「機会があれば仕留めるんですか！」

　先任である水雷長は、その言葉に驚いたようだった。一晩で戦艦二隻を沈めようなど、なんという人なのか！

「攻撃可能な機会があれば、むろん攻撃にはやぶさかではないさ。しかし、とりあえずは追跡だけだ」

「追跡だけ？」

「浮上しての追跡となれば、敵戦艦の電探に我々は捉えられよう。しかし、敵の護衛戦力は駆逐艦四隻。積極的にこちらに打って出ようとは思うまい。それより守りを固めるはずだ」

「そうなりますな」

「問題はここから先だ。潜水艦に追跡されているとして、現状の戦力は割けない。ならどうする？」

「それなら増援を……あぁ、そういうことですか」

「増援に何を出してくるか、それであちらさんの意図が見えてくる。船団があるのかないのかも含めてな」

10

スミス艦長にとって、幸先はいいと思われた。すでに敵潜を一隻沈め、島嶼帯を通過している時に、聴音員が再び敵潜の推進機音を捕捉した。

「ディーゼル推進で、全力でこちらに向かっているものと思われます」

確かに外洋側に潜水艦らしい反応はあった。しかし、それはかなり離れており、敵も攻撃を仕掛けられないし、こちらからもまだ仕掛けるには早い遠距離だ。

ただ、先ほどの戦闘で駆逐艦キャシアスはまだ鎮火が完了しておらず、敵潜が自分たちを見失うことは期待できないと思われた。

もっとも、それは大きな障害ではないとスミス艦長は思っていた。潜水艦は奇襲が恐いのだ。すでに存在を知っている潜水艦ならば、適切な対応さえすましておけば問題ない。

「一晩で潜水艦二隻か、悪くない」

海軍のプロパガンダとしては、島の砲撃より潜水艦の二隻撃沈のほうがいいだろう。

しかし、そんな目論見も戦艦インディアナが雷撃され、撃沈するまでだった。

魚雷は四本が命中し、左舷側に大破口が生じた。

すぐにレーダーが捉えた艦影に向かって駆逐艦が走る。

「この遠距離で雷撃などできるのか！」

信じ難い話だが、確認されている潜水艦は一隻なのだから、それが雷撃を仕掛けたとしか思えない。

あるいは別の潜水艦がいるのか？　その可能性に気がついた時には、すでに問題の潜水艦は潜航していた。

報告によると、それはすぐに爆雷で仕留められたという。比較的旧式なのか、潜航中の推進機音が大きかったらしい。

仕留めたという報告は事実だろうが、スミス艦長には、それがインディアナを沈めた潜水艦とは思えなかった。

戦艦インディアナを仕留めた潜水艦は、かなりの技量と思われたが、仕留められた潜水艦は、水中で不用意な音を出すなど技量の差が大きい。

だとすると、戦艦インディアナを仕留めた潜水艦は、まだ健在であり、周辺に潜伏している。

ここでスミス艦長は反転を命じ、作戦中止を決断する。虎の子の新鋭戦艦が撃沈され、さらに脅威は残っている。

ガダルカナル島周辺には本隊が残っているかもしれない。そうしたことを考えるなら、作戦中止がもっとも賢明な策だろう。

スミス艦長はそう判断し、インディアナの乗員の救助に必要な駆逐艦三隻を残し、戦艦サウスダコタは駆逐艦五隻と帰還の途についた。

だがまさにそのタイミングで、駆逐艦が轟沈する。

それは、もし駆逐艦が隊列の改編で移動していなければ、確実に戦艦サウスダコタに命中していた魚雷である。

「最大戦速！」

戦艦は駆逐艦ともども三〇ノット近い速力で、その海域を抜ける。それなら潜水艦は追躡《ついじょう》できまい。

もっとも島嶼帯であり、高速を出している時間は短かった。潜航中なら追躡できず、浮上中でも追いつけない、それが目的なのだから。

戦艦サウスダコタはいいが、駆逐艦はここまで来るのに燃料を消費しているので、さらに高速で無駄に燃料は消費できない。

「潜水艦二隻撃沈に対して戦艦一隻と駆逐艦一隻を失い、駆逐艦一隻が小破……か」

とてもではないが、満足できるような戦果ではない。そもそも潜水艦の撃沈は作戦とはまるで別の話で、自衛のために沈めただけだ。戦果と名乗るのが適当かも疑問だ。

だが、それだけでは終わらなかった。

「レーダーが艦影を捉えました。敵潜と思われます」

コスミック文庫

帝国海軍《ていこくかいぐん》イージス戦隊《せんたい》
上

【著者】
林《はやし》 讓治《じょうじ》

【発行者】
杉原葉子

【発行】
株式会社コスミック出版
〒154-0002 東京都世田谷区下馬 6-15-4
代表 TEL.03(5432)7081
営業 TEL.03(5432)7084
FAX.03(5432)7088
編集 TEL.03(5432)7086
FAX.03(5432)7090

【ホームページ】
http://www.cosmicpub.com/

【振替口座】
00110-8-611382

【印刷／製本】
中央精版印刷株式会社

乱丁・落丁本は、小社へ直接お送り下さい。郵送料小社負担にて
お取り替え致します。定価はカバーに表示してあります。

ISBN978-4-7747-6226-5 C0193